弦月の風

八丁堀剣客同心

鳥羽亮

時代小説文庫

角川春樹事務所

目次

弦月の風

八丁堀剣客同心

第一章　奇妙な男

1

　風が吹いていた。庭の梅や楓《かえで》の枝葉が揺れている。縁先には昨夜の強風で落ちた葉が吹き溜《だ》まり、沓《くつ》脱ぎ石のそばで、カサカサと音をたてていた。よく晴れて、縁先には春の陽《ひ》射《ざ》しが満ちていた。陽射しのなかを渡ってきた風には、気持をなごませてくれるような暖かさがある。

　長月隼人《ながつきはやと》は縁先で髪結いの登太《とうた》に髷《まげ》をあたらせていた。隼人は南町奉行所の隠密廻《おんみつまわ》り同心で、いつも登太に髪を結いなおさせてから出仕していたのである。

「長月さま、昨夜《ゆうべ》はひどい風でしたね」

　登太は慣れた手付きで櫛《くし》を動かしていた。まだ、隼人が見習いだったころから長月家に通い、髪を結っていたのだ。

「そうだな。これで、桜は終わりだな」

上野の寛永寺の桜が満開になったという話を聞いたのが、三日前である。江戸の桜も、昨夜来の強風で散ってしまったことだろう。

隼人が寛永寺の桜を話を持ち出したとき、後ろの障子《しょうじ》があいて妻のおたえが顔を出した。

おたえは二十一歳。長月家へ嫁に来て三年経《た》つが、子供がないせいもあって、色白のふっくらした頰には、まだ娘らしさが残っていた。

「旦那さま、早く御番所へ行かないと……」

おたえは心配そうな顔で言った。

御番所とは奉行所のことである。同心の出仕時刻は、およそ五ツ（午前八時）ごろと決まっていたが、すでに陽はだいぶ高くなり、五ツは過ぎていた。

「なに、これからで十分さ」

隼人はのんびりした口調で言った。

隠密廻り同心は、定廻《じょうまわ》り同心や臨時廻《りんじまわ》り同心とちがって、隠密裡《り》に探索にあたることもあって出仕時間はそれほど厳密ではなかった。

それに隼人は、南町奉行所の同心のなかでは古株であった。多少の時間の自由はきくのである。

隼人は三十六歳。父親の藤之助《とうのすけ》の跡を継ぎ同心見習いとして出仕したのが十七歳のときで、爾来《じらい》十九年南町奉行所同心として務め、今日にいたっている。

「母上はどうしてる」

隼人が訊《き》いた。

母親のおつたは、朝餉《あさげ》のとき顔を出したが、風邪ぎみで気分がすぐれぬと言って寝間にひっ込んだままだった。

「だいぶ、暖かくなってきましたから、じきに元気になられましょう」

おたえは、口元をほころばせて言った。

たいしたことはないと知っているのだ。おつたは五十八歳だが、このところ足が痛い、腰が痛い、腹をこわした、風邪ぎみだ、と絶えず口にし、隼人やおたえに愚痴をこぼすことが多かった。歳《とし》を取って体の変調もあるのだろうが、隼人たち夫婦の気を引きたいようなのだ。

孫でもできれば別なのだが、いつまでも新妻気分でいるおたえに対するやっかみもあるのであろう。

そのとき、登太が隼人の肩にかけた手ぬぐいを取って、肩先をかるくたたいた。髪結いは終わったという合図である。

「さて、出かけるか」

隼人は立ち上がって大きく伸びをした。

いつものように戸口まで送ってきたおたえが、隼人に刀を渡しながら、

「今日のお帰りは、遅くなりますか」

と、甘えるような声で訊いた。

「何事もなければ、暮れ六ツ（午後六時）までにはもどろう」

隼人は愛刀、兼定《かねさだ》を腰に帯びながら言った。

兼定は父、藤之助の遺刀であった。兼定は関物《せきもの》と呼ばれる大業物《おおわざもの》を鍛えたことで知られる刀鍛冶《かたなかじ》の名匠である。刀身二尺三寸七分、身幅のひろい剛刀で、よく斬れる。刃文《はもん》は覇気のある大乱《おおみだ》れ、太刀《たち》姿にも大業物らしい豪壮さがあった。

「旦那さまがいないと、寂しゅうございます」

おたえは訴えるような目で隼人を見ながら言った。

「分かった。できるだけ早く帰る」

そう言い置き、小者《こもの》の庄助《しょうすけ》を連れて屋敷の木戸門をくぐった。

庄助が御用箱をかついで後に跟《つ》いてきながら、

「寂しゅうございます、か。あっしも一度でいいから、言われてみてえ。……旦那、うちの嬶《かか》ァなんか、大鼾《おおいびき》をかいて、起きてもこねえんですぜ」

と、ぼやいた。

庄助は三十がらみ、隼人が隠密廻りになってからずっと仕えている。女房は商家に女中に出ていて、五つになる男の子と三つの女の子がいた。

庄助は、長年隼人の家に出入りしていたため、長月家の内情はよく分かっていたし、隼人とおたえの馴《な》れ初《そ》めも知っていた。もっとも、馴れ初めといっても、おたえは近所に住む同じ南町奉行所の小石川養生所見廻り同心、前田忠之助《まえだただのすけ》の娘で、親同士が決めて一緒になったので浮いた話などはなかった。

「そのうち、おたえもそうなるさ」

隼人は庄助の話には乗らず、同心の組屋敷のつづく通りを八丁堀《はっちょうぼり》川の方へむかった。

八丁堀の組屋敷を出て一町ほど歩いたとき、前方から駆けてくる男の姿が目に入った。手札を渡している岡っ引きの利助《りすけ》だった。隼人は奉行所に同心見習いとして出仕したときから、八吉《やきち》という老練の岡っ引きを手先に使っていたが、二年ほど前、八吉は老いを理由に引退し、八吉の下っ引きだった利助が後釜に座ったのである。

利助は二十代半ば、岡っ引きになりたてということもあって、ひどく張り切っていた。

「だ、旦那、大変《てえへん》だ！」

利助は喘《あえ》ぎながら言った。よほど急いで来たと見え、顔が真っ赤である。紅潮した丸顔は茹《ゆ》でた蛸《たこ》のようだった。

「どうしたい」

「お、押し込みで」

利助が目を丸く剝《む》いて言った。

「押し込みぐれえで、おれが出張《でば》るこたァねえ」

隼人はそのまま八丁堀川の方へむかった。

通常、犯人の探索、捕縛は「捕物ならびに調べもの役」と呼ばれる定廻り同心、臨時廻り同心、隠密廻り同心があたっているが、隠密廻り同心は、特別な事件を奉行から直接指示を受けて隠密裡に探索することが多い。したがって、江戸府内で起こる犯罪の探索や検挙のほとんどは、定廻り同心と臨時廻り同心でおこなっていたのである。

「それが、旦那、大変な事件《やま》なんで」

利助は慌てて隼人の後を追いながら言った。

「どんな事件だ」

隼人は歩きながら訊いた。

「や、薬種問屋の家族と奉公人が、皆殺しなんで」

利助の声が震えた。

「なに、皆殺しだと」

隼人は足をとめた。

「へい、それが、八人も」

「八人……！」

大勢だった。尋常な事件ではない。おそらく、南北の御番所の同心が出張り、岡っ引きたちも大勢集まっているだろう。隠密廻りである隼人も、奉行から探索を命じられるかもしれない。

「場所はどこでえ？」

隼人は臨場する気になった。それに、現場に立ち合ってきたと言えば、出仕が遅れた理由にもなる。

「本町三丁目の島田屋《しまだや》で」

日本橋本町三丁目は、売薬店や薬種問屋が多いことで知られた町である。その三丁目で、島田屋は手堅い商売で知られた中堅の店だった。

「行くぜ」

隼人はきびすを返した。その隼人の後を利助と庄助が跟《つ》いていく。

2

本町三丁目の表通りには、土蔵造りの店舗がつづいていた。売薬店や薬種問屋が多いらしく、薬名や屋号などを記した庇《ひさし》の上の屋根看板や路傍の立て看板などが並んでいる。その前の通りを風呂敷包みを背負った店者《たなもの》、親子連れ、町娘、荷を積んだ大八車などが行き交っていた。

「旦那、あそこで」

前に走り出た利助が指を差した。

見ると、土蔵造りの店舗の前に人だかりがしていた。他の店とちがって表戸はしまっていたが、脇がすこしだけあいていた。その前に野次馬が人垣をつくっている。岡っ引きや下っ引きらしい男の姿も見えた。

「どいてくんな。南御番所《みなみ》の旦那だ」

利助が声をかけると、人垣が割れた。

戸口にいた岡っ引きがすぐ飛んで来て、旦那、そこから入ってくだせえ、と言って、板戸のあいている場所へ隼人を連れていった。

店のなかは薄暗かった。土間や売り場に、十数人の男が立っていた。黄八丈《きはちじょう》や縞柄《しまがら》の小袖に巻《ま》き羽織《ばおり》姿の八丁堀同心が三人、他は尻《しり》っ端《ぱし》折《よ》りに黒股引《くろももひき》姿の岡っ引きや下っ引きたちである。いずれも、こわばった顔をしている。

薬種の匂いがした。売り場の奥には帳場があり、その後ろに薬種を入れた引き出しが、びっしりと並んでいた。薬種を調合する薬研《やげん》や薬を入れた紙袋なども置いてある。

「長月さん、ここへ」

帳場の前にいた同心のひとりが、顔をむけて手招きした。

背を見せていたので分からなかったが、南町奉行所定廻り同心の天野《あまの》玄次郎《げんじろう》である。天野は二十七歳。やり手の同心らしい、精悍な顔をしていた。隼人は八丁堀の屋敷が近かったこともあり、天野ととくに親しくしていた。それに、これまで何度も天野と手を組んで事件を解決してきたのである。

その天野のそばに、やはり南町奉行所の加瀬《かせ》という臨時廻り同心がいた。もうひとり、並べられた薬研のそばに屈《かが》みこんでいる同心は、北町奉行所の奥平《おくひら》という定廻り同心だった。店のなかにいる岡っ引きや下っ引きは、ほとんど三人の手先である。

天野の顔が蒼《あお》ざめていた。

隼人は、利助と庄助を土間に残し、天野のそばに行ってみた。天野のまわりはどす黒い血の海である。その足元に、死体が二体転がっていた。ふたりとも寝間着が乱れ、あらわになった両脛《ずね》や腹がうす闇のなかに白く浮き上がったように見えていた。

「ひでえな」

思わず、隼人は顔をしかめた。

何とも凄惨《せいさん》な死体だった。一体は右腕を切断され、首を刎《はね》られていた。首根から頸骨《けいこつ》が白く突き出ている。元結《もとゆい》が切れてざんばら髪になった首は板壁のそばまで転がり、両眼を瞠《みひら》き、何かに食い付くように歯を剝き出していた。初太刀で腕を斬られ、二の太刀で首を刎られたのだろう。

もう一体は背後から袈裟《けさ》に斬られ、うつぶせになって死んでいた。右肩から背中にかけてひらいた傷口から、切断された鎖《さ》骨《こつ》や肋骨《ろっこつ》が覗《のぞ》いていた。乱れた寝間着はどっぷりと血を吸って、黒く染まっている。

「刀傷だな」

二体とも一目で、刀で斬られたと分かる傷である。

「賊のなかに武士がいるということでしょうか」

天野は死体のそばにかがんだまま言った。

天野は隼人に対して、いつも丁寧な物言いをした。年上ということもあったが、隼人の探索能力や剣の腕に憧憬と敬意をもっていたのである。

「それも、手練《てだれ》だ」

一太刀で、斬首していた。袈裟斬りも、上体を斜《ななめ》に両断するほど深く斬っている。下手人《げしゅにん》は腕のいい剛剣の主とみていい。

「女、子供まで皆殺しですよ」

天野の顔に憤怒《ふんぬ》の色があった。

天野の話では、ほかにも奉公人部屋にふたり、廊下にひとり、二階の座敷に主人の惣五郎《そうごろう》と女房のお勝《かつ》、それに七つになる娘が斬り殺されているという。

「みんな、刀でやられたのか」

隼人が訊いた。

「いえ、匕首《あいくち》や脇差《わきざし》で殺《や》られたと思われる傷もあります」

天野は奉公人部屋のふたりと二階の惣五郎一家の三人は、別の武器で殺されたらしいと言い添えた。

「奪われた物は」

「まだ、はっきりしませんが、金でしょう。内蔵《うちぐら》の錠前《じょうまえ》が破られてますし、金は鐚銭《びたせん》ぐらいしか残ってませんから」

「皆殺しにして、ごっそり持っていったというわけか」

隼人がそう言ったとき、天野は立ち上がって、

「勢多屋《せたや》と同じ賊とみてるんですがね」

と、けわしい顔をして言った。

「うむ……」

「あの夜も、昨夜のように風が強かったんです」

「そういえば、似てるな」

二月《ふたつき》ほど前、京橋の呉服屋、勢多屋が押し込みに入られ、奉公人ふたりと主人家族三人が皆殺しになり、数百両の金がうばわれていた。

ただ、奪われた金額は、取引先の番頭が、勢多屋さんは繁盛してましたし、金を貯《た》め込んでいるという噂がありましたから、すくなくとも数百両はあったでしょう、と証言したことによるもので、はっきりした額は分かっていなかった。

「すると、板戸を破って押し入ったのか」

勢多屋に押し込みが入った夜も強風が吹きすさんでいた。町方は、板戸を刃物で壊す音を消すために風の夜を選んだとみていた。ただ、隼人は現場に立ち合ったわけではなく、天野から聞いた話なのでくわしいことは分からなかった。

「はい、裏の引き戸が刃物で破られています」

「となると、同じ一味とみていいな」

荒っぽい手口も、まれにみる残忍さも、そっくりである。

「それで、一味を見た者はいないのか」

隼人が訊いた。

「いまのところは……。これから、手先に近所をまわらせますが、何も出てこないかもしれません」

天野は苦々しい顔をした。

「やっかいな事件だな」

勢多屋が押し入られた件も、天野たちは懸命に探索していたが、いまだに何の手がかりも得られていなかった。

「とりあえず、ひとまわりしてこよう」

そう言って、隼人は天野のそばを離れた。

3

隼人は利助だけを連れ、まず廊下の死体を見た。手代か丁稚《でっち》と思われる若い男だった。右手が落ちていた。前腕が、切断されている。

……籠手《こて》か。

賊は咄嗟《とっさ》に籠手を斬り下ろしたらしい。

致命傷は袈裟斬りだった。籠手から、二の太刀を袈裟にふるったのであろう。帳場の前の死体も腕を斬られていたので、下手人は籠手斬りが得意なのかもしれない。

斬られた男は倒れるとき座敷の障子をつかもうとしたらしく血飛沫《ちしぶき》が障子を染め、桟《さん》ごと破れていた。

その破れた障子の先の座敷に、別のふたりの死体があった。寝ていたところを起こされて殺られたらしく、乱れた夜具が血に染まっている。

……こっちは、刀傷ではない。

天野の言ったとおり、座敷のふたりは傷だらけだった。胸や腹を刺され、腕や首筋を斬られていた。すくなくとも、複数の者が匕首や脇差で刺したり、斬りつけたりしたのである。武士ではなく、町人の仕業《しわざ》とみていいだろう。

座敷を出ると、隼人は利助を連れて廊下を奥へむかった。

廊下の突き当たりの左手が、内蔵になっていた。そこにも、孫八《まごはち》という四十がらみの岡っ引きがいた。加瀬に手札をもらっている岡っ引きで、隼人とも顔馴染《なじ》みだった。

「旦那、錠前が破られていやす。一味のなかに、腕のいい錠前破りがいるようですぜ」

と、孫八が言った。

内蔵は観音開きの頑丈な扉がついていた。その扉があいたままで、はずれた錠前が床に落ちていた。孫八の言うとおり、錠前は壊されたのではなくあいていた。合鍵を使ったか、腕のいい錠前破りがあけたかである。

内蔵のなかを覗くと、小簞笥《こだんす》、帳場机、薬研、天秤《てんびん》、証文箱などが置かれ、奥に大福帳《だいふくちょう》、算用帳《さんようちょう》などの古い帳簿類が積み重ねられていた。

「千両箱や丁銀箱などは、見当たりやせん。押し込み一味が、持ち出したにちげえねえんで」

孫八が隼人の脇にきて小声で言った。

「そのようだな」

隼人はその場を離れた。店の者が皆殺しになっていては、奪われた金額も分からないだろう。

その足で、隼人は二階へ行ってみた。二階の寝部屋と思われる座敷に島田屋の家族三人が死んでいた。

目をそむけたくなるような、酸鼻《さんび》を極めた凄惨な現場だった。奉公人部屋と同じように三人は寝間着姿で、横たわっていた。夜具は乱れ、小桶《こおけ》で血を撒《ま》いたように辺《あた》りは血の海である。

主人の惣五郎は背中を刺され、ぼんのくぼの肉が抉《えぐ》られていた。全身血まみれで、顎《あご》を突き出し苦悶《くもん》に顔をゆがめて死んでいた。

女房のお勝は娘を抱きしめたまま、横になって死んでいた。背後から頭へ斬りつけられたらしく、柘榴《ざくろ》のように割れた後頭部から頭骨が覗き、首筋から背中にかけてどす黒く染まっている。

娘は喉を掻《か》っ斬られたらしい。細い首が、頸骨を見せて横にかしいでいた。白い人形のような丸顔である。娘はちいさな唇をひらき、何か言いかけたような顔をして死んでいた。その可憐さが、哀れさをさそった。

何人かが乱入し、滅多斬りにしたらしい。刀ではなく、匕首や長脇差で斬られたようである。すくなくとも押し入った賊は数人いそうだった。

「何てことしやがるんだ……」

利助が蒼ざめた顔で絶句した。

隼人の胸にも憤怒がわいた。あまりに極悪非道な犯行である。

「許せねえ!」

隼人は娘の死体を見つめながら怒りに声を震わせた。

いっとき、隼人は凄惨な現場を目に焼き付けるように見つめていたが、利助を連れて座敷から出た。隼人はそのまま階段を下り、裏手へまわった。賊の侵入口を見てみようと思ったのである。

台所への出入り口になっている引き戸が壊されていた。手斧《ちような》か鉈《なた》のような物で板戸の一部を壊し、そこから手を入れて心張り棒をはずしたらしい。

「風の音が消してくれたわけか」

板戸を破る音を、昨夜の強風が消したのであろう。

ただ、賊がこの場までどうやってきたのかは分からなかった。

隼人は周囲に目をやった。表通りから入るには隣店との境にある板塀を越えるか、くぐり戸をあけるかである。

板塀のそばへ行ってみると、くぐり戸はしまったままで内側から心張り棒がかってあった。板塀の上には忍び返しがついている。ここからではない、と隼人は判断した。

板塀に沿って敷地の裏手にまわってみると、椿の樹陰に短い梯子《はしご》がたてかけてあった。植木屋などの使う七尺ほどの梯子で、ちょうど板塀の上までとどく。

……これだな。

隼人は確信した。

賊は梯子で板塀を越え、店の敷地内に侵入したのだ。

「利助、庄助とふたりで、この梯子を持ったやつを見かけなかったか、近所で聞き込んでくれ」

隼人は、そばにいた利助に指示した。

「へい」

すぐに、利助は表の方に駆けだした。

その背を見送ってから、隼人は表の売り場の方にもどった。

戸口のそばの土間で、天野が手先を集めて聞き込みの指示をしていた。

隼人は天野に、裏手に梯子があったことを話し、梯子の出所を洗わせるよう耳打ちした。

天野は承知し、そのことも手先たちに伝えた。

数人の手先が天野のそばを離れて表通りへ出ていったとき、通りで怒鳴り声が聞こえた。

岡っ引きが、野次馬を叱咤《しった》しているようだった。

お願いでございます、お願いでございます、と必死で訴えかける若い男の声が聞こえた。

何か揉《も》めているらしい。

隼人は通りへ出てみた。

見ると、さきほど隼人を入り口へ案内した岡っ引きが、戸口の脇で、若い町人を叱りつけていた。

町人はひざまずき、岡っ引きの尻っ端折りした着物の裾をつかんで訴えかけていた。歳のころは十六、七。肩口に継ぎ当てのある粗末な身装《みなり》の若者だった。手足が棒のように細く、薄汚れた顔をしていた。ただ、岡っ引きを見つめた目には思いつめたような強いひかりがあった。

「どうした」

隼人は岡っ引きのそばに行って訊いてみた。

「このやろう、店のなかに入れてくれ、などとぬかしゃァがって」

岡っ引きは、苛立《いらだ》ったような口吻《くちぶり》で言った。

「店の者か」

奉公人なら、店の事情が分かるかもしれないと隼人は思った。

「それが、通りすがりの者らしいんで」

脇から、岡っ引きが言った。

「…………」

何か事情があるようだ、と隼人は思った。通りすがりの者にしては、真剣だった。それに、何かに憑《つ》かれたような目をしていた。

「おれは、八丁堀の長月という者だが、おめえの名は」

隼人が訊いた。

「は、はい、綾次《あやじ》ともうしやす」

若者は声を震わせて言った。

「綾次か。それで、おめえ、どうしてなかへ入《へえ》りてえんだい」

「あっしは、なかの様子を見てえんで」

「見てどうする?」

「店の人が皆殺しになったと聞きやした。……あっしは、御用聞きになって、その押し込みをつかまえてえんで」

綾次は隼人の顔を見つめて必死に言いつのった。

「おめえ、岡っ引きになりてえのか」

「へ、へい」

「やめときな。お上《かみ》のご用は、おめえが考えているような仕事じゃァねえ。それに、若過ぎる」

そう言って、隼人はきびすを返した。

岡っ引きは、親分と呼ばれて縄張内では顔を利かせているが、商家から袖の下を取ったり、調べに手心をくわえてやるなどと言って金品を強請《ゆす》ったり、破落戸《ごろつき》のような者がすくなくないのだ。

隼人の背で、分かったかい、あっちへ行きな、と追い立てるような岡っ引きの声が聞こえた。

4

風はおさまっていた。春の陽が頭上でかがやいている。九ツ（正午）は過ぎているだろうか。隼人は島田屋を出ると、ちかくのそば屋で腹ごしらえをしてから南町奉行所へむかった。

南町奉行所は数寄屋橋《すきやばし》御門の内にある。黒塗りの門扉となまこ壁でできている長屋門は、見る者を威圧するような峻厳《しゅんげん》な感じがあった。その表門をくぐると、那智黒《なちぐろ》の砂利《じゃり》が敷きつめられており、正面に玄関の式台が見える。

隼人は玄関には行かず、右手の長屋の同心詰所で茶を飲んでから用部屋へむかった。用部屋にいる同心から、二月ほど前の勢多屋の件を訊いてみようと思ったのだが、探索にあたっているらしく、定廻りと臨時廻りの者はいなかった。

隼人が用部屋を出ようとしたとき、障子があいて中山次左衛門《なかやまじざえもん》が入ってきた。中山は南町奉行、筒井紀伊守政憲《つついきいのかみまさのり》に古くから仕える家士である。すでに還暦を過ぎて鬢《びん》や髷《まげ》は真っ白だったが、挙措は矍鑠《かくしゃく》としていた。

「長月どの、お奉行がお呼びでござる」

中山は慇懃《いんぎん》な口調で言った。

「お城からおもどりになられたのですか」

今月、筒井は月番だったので、四ツ（午前十時）ごろ登城し、下城は八ツ（午後二時）過ぎのはずである。まだ、八ツを過ぎたばかりだった。

「今日は、いつもより早くお帰りになられてな。長月どのを呼ぶようにと、おおせられたのだ」

中山は、いっしょに来てくれ、と言って、用部屋を出た。隼人は、中山の後に跟《つ》いていった。奉行が隼人に隠密裡に探索を命ずるとき、役邸に招くことが多かったので、隼人にとってはめずらしいことではなかった。

奉行の役邸は奉行所の裏手になっていた。中山は、狭い中庭の見える座敷に隼人を案内した。隼人が筒井に会うときに使われる部屋である。

座していっとき待つと、廊下にせわしそうな足音がして筒井が姿を見せた。鮫小紋《さめこもん》の小袖に角帯というくつろいだ格好である。下城後、着替えたのであろう。

隼人が辞儀を述べようとすると、

「よい、挨拶はぬきじゃ」

そう言って、対座した。

面長《おもなが》で細い目をしていた。おだやかな表情を浮かべていたが、隼人を見つめた目には、能吏らしい鋭さがあった。その身辺には壮年らしい落ち着きと奉行としての威厳がただよっている。

「そちに、探索を頼みたい」

筒井は静かな声で言った。

「何なりと」

そう言って、隼人は低頭した。

「昨夜、日本橋本町の薬種問屋に賊が入り、住人が皆殺しになったそうだが、そのことを知っておるか」

「はい、今朝方、検屍に立ち合ってまいりました」

やはり、その件か、と隼人は思った。それにしても、筒井は耳が早い。奉行所与力《よりき》のなかにも事件の発生を知らぬ者もいるだろう。

「坂東《ばんどう》から耳にしたのだ」

筒井が言った。

坂東繁太郎《しげたろう》は筒井の内与力だった。内与力は、他の与力とちがって、奉行が家士のなかから任命した奉行の私設秘書のような役柄である。

坂東は同心から事件のことを耳にし、すぐに筒井の耳に入れたのであろう。

「二月前も、同様な事件があったが、それも解決しておらぬ。……このような非道な事件が頻発し下手人が挙げられないとなると、江戸市民の不安は高まり、お上の御威光にも疵《きず》がつくであろう。当然だが、町奉行所は笑いものになる」

筒井の顔が曇った。

「いかさま」

「それで、定廻りと臨時廻りだけに任せておけぬと思ってな」

そう言うと、筒井は庭の方に目をやった。

陽がかたむき、椿の深緑に淡い夕陽があたっていた。障子の間から春らしい暖かな微風が流れ込んでくる。

「長月、聞くところによると、賊のなかには剣の手練もいるらしいとのこと。それで、そちにも探索を頼む気になったのだ」

筒井は隼人に顔をむけて言った。

「…………」

「頼むぞ」

「心得ました」

隼人は直心影流《じきしんかげりゅう》の遣い手だった。筒井は隼人の腕を知っていて、下手人が武士で剣の遣い手である場合、その探索や捕縛を隼人に命ずることが多かったのだ。

「手にあまらば、斬ってもかまわぬ」

筒井は重いひびきのある声で言った。

通常、町方同心は生け捕りにするのが任務であり、捕縛に際して刀をふるうことは滅多にない。ただ、武器を持って抵抗する相手には、手にあまった、と称して斬ることもあった。

筒井は、場合によっては下手人を斬ってもかまわないと言っているのだ。

「ハッ」

隼人は平伏し、筒井が座敷から出ていくのを見送った。

5

「旦那さま、お帰りなさいまし」

上がり框《がまち》で、おたえが三つ指をついて出迎えた。

「いま帰った」

隼人は腰の兼定を鞘《さや》ごと抜いておたえに預けた。おたえを嫁にむかえてからずっとつづいている帰宅時のやり取りである。

「夕餉の支度ができています。今日は、旦那さまの好物の鰯《いわし》を焼きました」

おたえが隼人に身を寄せて言った。

「それはいい」

新婚当時、隼人がおたえの用意した鰯の焼き魚をうまいうまいと言って平らげると、三日に一度は焼き魚を膳に用意するようになった。さすがに、ちかごろは鰯や秋刀魚《さんま》の顔を見ると辟易《へきえき》としたが、黙ってうまそうな顔をして食っている。

「ねえ、旦那さま」

廊下でおたえが身を寄せて鼻声を出した。

「何だな」

「亀戸天神《かめいどてんじん》の藤は、綺麗なんですってねえ。一度でいいから、観てみたいと思ってるんですよ」

おたえが隼人の耳元でささやいた。

おたえは花見のころも、隼人に連れていってくれとせがんだが、結局どこへも行かずに花見の季節は終わってしまった。そこで、次は藤の花の見物となったらしい。一日中、口やかましい義母といっしょでは、肩も凝るであろう、と思い、隼人も息抜きさせてやりたかったが、いまはそれどころではなかった。

「おたえ、大事が出来《しゅったい》した」

隼人が足をとめ、いかめしい顔をして言った。

「…………！」

何事かと、おたえは顔をこわばらせて隼人の顔を見上げる。

「おたえは、まだ耳にしておらぬか。昨夜、日本橋本町の薬種問屋に賊が侵入し、主従ともども八人、皆殺しだ」

「まァ……！」

おたえは目を剝いた。

「あるじ夫婦にくわえ、七つになる女の子が、首を斬られて死んでいた。なんとも、むごい事件だ」

「ひ、ひどい……」

おたえは顔をしかめ、声を震わせた。

「今日な、おれはお奉行に呼ばれ、直々《じきじき》にこたびの事件を探索するようおおせつかったのだ」

「……………！」

おたえは、こわばった顔で隼人を見つめている。

「おたえ、おまえは隠密廻り同心の妻だな」

「は、はい」

「亀戸天神の藤どころではない。分かるな」

隼人がそう言うと、おたえは顔をひきしめてうなずき、殊勝な顔をして跟《つ》いてきた。亀戸天神の藤のことは、それ以上口にしなかった。

「では、めしにしよう」

そう言って、隼人は居間に入った。

おたえに手伝わせて着替えていると、奥の寝間で、コホン、コホン、という軽い咳の音がした。母親のおつたである。

隼人が帰宅したことを知って、呼んでいるのである。

……もうひとり、厄介な相手が残っていた。

隼人は胸の内でごちて、寝間に足を運んだ。

おつたは、夜具の上に身を起こしていた。背を丸めて肩に掻巻《かいまき》をかけている。隼人が入って行くと、口に手を当てて、コホン、コホンと咳き込んだ。

おつたは五十代後半、痩《や》せて皺《しわ》だらけだった。肌が浅黒く、梅干しのような顔をしていた。連れ合いに早く先立たれたこともあってか、歳より老けて見える。

「母上、風邪のぐあいはどうです」

隼人はおつたの脇に座して訊いた。

「それがね、隼人、あまりよくないんだよ」

おつたはそう言うと、また、口に手をあててつづけざまに咳をした。半分は、空咳のようである。それに、顔色もそれほど悪くはない。

「それは、いけませんなァ」

隼人は深刻そうな顔をして言った。

「熱もあるようだし、気分も優れないんだよ」

おつたは、しぼんだような顔をして言った。

「ますますいけません。母上、病《やまい》は気からともうしますぞ」

「そうは言ってもねえ。……コホン」

「それに、食事をしっかり摂《と》って、体に精をつけねばなりません」

隼人は、夕餉の場におつたを引き出し、いっしょに食べれば、おつたの気分も変わるだろうと思った。おつたもまた、それを望んでいるにちがいない。

「分かってるんだけど、食欲がなくてねえ」

おつたは眉を寄せ、上目遣《うわめ》いに隼人を見た。

「夕餉の支度ができているようです。いっしょに食べましょう」

「でもねえ、体が思うように動かなくて」

おつたはなおも渋った。

「わたしが、体を支えましょう。さァ、気をしっかり持って」

隼人はおつたのそばへ身を寄せ、細い腕を取った。

「そ、そうかい。それじゃァ、隼人といっしょにいただくかね」

おつたは、隼人の体にすがるようにして立ち上がった。

咳も出ないし、隼人が手を貸さなくとも立つことができた。おつたは、隼人に身を寄せながらも、案外しっかりした足取りで居間まで歩いた。

女ふたりに気を使いながら、夕餉が終わると、隼人はおつたにも、事件のあらましと明日から探索にあたることを話し、

「お奉行より、直々のお指図がありましたゆえ、長月家の切り盛り、くれぐれもお頼みい

たします」

と、真面目な顔をして言った。

「隼人、分かりましたぞ。家のことは心配せず、お奉行のご期待に沿えるよう探索に取り組んでおくれ」

おつたはそう言うと、口をへの字に引き結んでうなずいた。

風邪は、どこかへ吹き飛んだようである。

6

神田紺屋町《こんやちょう》。飲み屋やそば屋などが軒を並べる路地の一角に、豆菊《まめぎく》という小料理屋があった。隠居した八吉の店である。

隼人は筒井と会った翌日、紺屋町に足をのばした。八吉が、今度の事件をどう思っているか、訊いてみようと思ったのである。

暖簾《のれん》を分けて店に入ると、追い込みの座敷にいた八吉の女房のおとよが、隼人の姿を目《め》敏《ざと》くみつけて近寄ってきた。まだ、店には客の姿がなく、おとよは店びらきの準備をしていたようである。

おとよは四十がらみ、色の浅黒いでっぷり太った女である。歳とともに太り、ちかごろは樽《たる》のような体をしていた。

「長月の旦那、いらっしゃい」

おとよは目を細めて、愛想笑いを浮かべた。

「八吉はいるかな」

「いますよ。すぐ、呼んできますから」

おとよはそう言い残すと、板場の方にむかった。

すぐに八吉が姿を見せた。前だれで、濡れた手を拭《ふ》きながら隼人のそばへきた。料理の仕込みでもしていたらしい。

「旦那、お久し振りで」

八吉が目を細めて言った。

八吉は、岡っ引きをやめてから、いままで女房にまかせきりだった豆菊の板場に入り、料理を引き受けるようになったのである。

そろそろ還暦だろうか。八吉は猪首《いくび》で小柄、目のぎょろりとしたいかつい顔をしているが、ちかごろは鬢や髷も白くなり、顔の皺も目立つようになってきた。

現役のころ、八吉は細引の先に熊手のような鉤《かぎ》を付けた捕具を巧みに遣うことから「鉤《かぎ》縄《なわ》の八吉」と呼ばれた老練の岡っ引きだった。

ところが、二年ほど前、

「こう歳を取っちゃァ睨《にら》みがきかねえ。あっしの代わりに、利助を使ってやってくだせえ」

そう言って、引退したのである。

「ところで、利助は」

隼人が訊いた。

利助も豆菊に住んでいた。子供のいなかった八吉の養子になり、岡っ引きも引き継いだのである。

「朝から、飛び出して行きやしたぜ。島田屋の近くで聞き込むんだと言いやしてね」

そう言って、八吉は苦笑いを浮かべた。

そこへ、おとよが茶を運んできて、あの子、やけに張り切ってましたよ、と言って、隼人の膝《ひざ》先に湯飲みを置いた。おとよも、利助のことは気に入っているようだった。

「そのうち、おめえにも負けねえいい岡っ引きになるぜ」

隼人はうまそうに茶を飲んだ。

おとよが板場へもどってから、隼人は、

「島田屋の件だが、どうみる」

と、声を落として訊いた。事件のあらましは利助から聞いているはずだった。

「けちな盗人《ぬすっと》の仕業じゃァねえようで」

八吉が小声で言った。

「二月ほど前、京橋の勢多屋に押し込んだのと同じ一味とみるが」

「そうでしょうな。……あっしは、闇《くらやみ》の仕業じゃァねえかとみてやすが」

「闇《くらやみ》久兵衛《きゅうべえ》か！」

隼人の声が大きくなった。

六年ほど前、商家に押し込み、住人を皆殺しにして金を奪うという兇賊が江戸市中に跳《ちょう》梁《りょう》した。狙うのは金を貯め込んだ、奉公人が七、八人の中堅の店で、家人と奉公人を皆殺しにするのが常だった。

押し入られた商家の住人が皆殺しになったことと、一味の押し入る夜はきまって風が強いか雨が降っていたため、目撃者は皆無で、頭目の名はむろんのこと賊の人数さえつかめなかった。

ところが、日本橋室町の太物《ふともの》問屋、小松屋《こまつや》に押し込んだとき、賊の侵入に気付いた主人夫婦が、咄嗟に脇で寝ていた十歳になる男の子を布団の下に押し込んだ。その子が、布団の隙間《すきま》から覗き、頭目らしい男が久兵衛と呼ばれたことと、闇のなかで目ばかりが白くひかっていたと話したことから闇久兵衛と呼ばれるようになったのである。

町方は必死で闇一味を追ったが、手がかりはまったく得られなかった。しかも、三店つづけて押し入った後は、まったく姿をあらわさなくなった。まさに闇のなかに消えてしまったかのようであった。

そのときも、隼人は八吉とともにひそかに闇一味を探索した。だが、定廻りや臨時廻りと同様、一味の手がかりも得られず、そのままになってしまったのだ。当時、町方の間では、闇一味は金をつかんで江戸から逃走したにちがいないとみられていた。

「へい、その闇一味が、またぞろ姿をあらわしたんじゃァねえかと」

八吉が目をひからせて言った。岡っ引きのころの目である。

「そうかもしれねえ」

言われてみれば、共通点が多かった。今度も奉公人のそれほど多くない中堅の店を狙っていた。それに、住人を皆殺しにしたことや風の強い日に押し入ったことなども闇一味と重なるのだ。

「厄介な相手ですぜ」

八吉が言った。

「闇一味となると、聞き込んでも何も出てこねえだろうな」

六年前もそうだった。押し入られた店の近隣をくまなくまわって聞き込み、さらに金をつかんだ盗人の立ち入りそうな賭場、岡場所、飲み屋など、大勢の手先を使って虱潰《しらみつぶ》しに調べたが、何の手がかりも得られなかったのである。

「旦那、どうです、盗人仲間に聞いたら」

八吉が顔を上げて言った。

「盗人に」

「そうでさァ。蛇《じゃ》の道は蛇《へび》といいやすぜ」

「話の聞けそうなのが、いるのか」

「黒蜘蛛《くろくも》の九蔵《きゅうぞう》ですよ」

八吉が声をひそめて言った。

「やつか」

隼人は黒蜘蛛の九蔵を知っていた。

だいぶ前の話だが、闇一味が跳梁する二年ほど前、赤猫《あかねこ》という盗人一味が市中に出没したことがあった。赤猫は押し込みに入った後、かならず店に火をつけることから兇賊として恐れられた。その赤猫を探索するおり、隼人は盗人稼業から足を洗っていた黒蜘蛛の九蔵から話を聞いたことがあったのである。

九蔵はひとり働きの盗人で、手口があざやかで決して人を殺《あや》めることがなかったこともあって盗人仲間から信望があった。そのため、引退してからも盗人たちの元締めのような立場で、江戸の盗人たちの情報はくわしかったのだ。

ただ、そのときもかなりの老齢だったので、いまは生きているかどうかも分からない。

「会えるのか」

隼人が訊いた。

「半年ほど前、増上寺《ぞうじょうじ》に参詣にいったおり、古着屋を覗いてきやしたが、爺《じい》さん、いやしたぜ」

と、八吉が口元に微笑を浮かべて言った。

九蔵は増上寺の門前ちかくの路地で、小体《こてい》な古着屋をやっていたのだ。

「行ってみるか」

「足手まといになりやすんで、あっしは遠慮しやす」

八吉は、代わりに利助を連れてってくだせえ、と言い足した。

7

おたえに見送られて木戸門を出ると、門の脇に利助が立っていた。着物を尻っ端折りし、手甲脚半《てっこうきゃはん》姿で、手に菅笠《すげがさ》を持っていた。遠出すると聞いて、旅にでも出るような格好で来たらしい。

隼人は納戸色の小袖に茶の袴《はかま》、兼定だけを落とし差しにした牢人体《ろうにんてい》だった。八丁堀の同心の格好では、人目を引くからである。

「行くか」

隼人がそう言って、あらためて利助に目をやると、後方に人影が見えた。

粗末な身装《みなり》の若い男である。島田屋の前で出会った綾次であった。綾次は隼人と目が合うと、しきりに頭を下げた。薄汚れた顔で、目が異様にひかっていた。

隼人が後方に目をやっているのに気付いた利助が後ろを振り返り、

「あいつ、あっしが来たときから、あそこにいやしたぜ」

と、訝《いぶか》しそうな顔をして言った。

「妙な男だ」

と、隼人は思った。岡っ引きになりたいと言っていたが、何か理由がありそうだった。興味本位のうわっついた感じはしなかった。その顔付きには、切羽詰まったものがある。

「おれに、何か用か」

隼人は声を大きくして綾次を呼んだ。岡っ引きになりたい理由を聞いてやってもいいという気になったのと、屋敷の塀のそばにいつまでも居られたのでは、女たちが気味悪がるだろうと思ったからである。

すぐに、綾次が駆け寄ってきた。そして、隼人の前にひざまずくと、

「だ、旦那、あっしを手先に使ってくだせえ」

と、真剣な顔で訴えた。

「ここで、話を聞くわけにもいかねえ。跟《つ》いてきな」

そう言って、隼人は歩きだした。

綾次は慌てて立ち上がり、隼人の後ろへ従った。すると、利助が目をつり上げて、おめえは、おれの後ろだ、と言って、隼人の脇についた。

隼人たちは組屋敷のつづく通りを南にむかい、八丁堀川沿いの道へ出た。そこまで来ると人影がすくなくなり町方同心の姿も見かけなくなった。

「綾次、おめえ、どうして岡っ引きになりてえんだい」

歩きながら隼人が訊いた。

「へ、へい、あっしは、島田屋に押し入った盗人をつかまえてえんで」

綾次は声をつまらせて言った。

「それは分かってる。それじゃァ、なぜ、盗人をつかまえてえんだ」

「親の敵《かたき》が討ちたいんです」

「親の敵だと」

隼人は綾次を振り返って見た。

綾次は蒼ざめた顔をして、虚空《こくう》を睨むように見すえている。

「へい、あっしの両親《ふたおや》は闇久兵衛に殺されたんです」

「なに、すると、おめえは小松屋の倅《せがれ》か！」

隼人は足をとめた。利助も驚いたような顔をして、綾次を見つめている。

当時、隼人は小松屋の倅が闇久兵衛一味の兇刃《きょうじん》から逃れた経緯を、定廻り同心から聞いていたが、綾次に会っていなかったので分からなかったのだ。もっとも、当時はまだ十歳の子供である。いま目の前にいる綾次は十六の若者だった。当時、綾次の顔を見ていてもすぐには思い出さなかったかもしれない。

「はい、あっしのおとっつァんとおっかさんは、久兵衛一味に斬り殺されたんです」

綾次はそう言うと、急に泣きだしそうな顔をしたが、すぐにけわしい顔をして、

「あっしは、なんとしても両親の敵を討ちてえ。……ですが、あっしが闇一味を斬り殺すなんてえことはどだい無理な話だ。それで、あっしはどうすれば、敵を討てるか考えたんです。それで、あっしの手で久兵衛一味をつかまえて獄門台に送ってやれば、敵を討った

ことになるんじゃァねえかと、思いやして」

と、絞り出すような声で言った。

「そういうことかい」

隼人は綾次の親の敵を討ちたいという気持が分かった。

「親分、あっしを手先にしてくだせえ」

綾次が言いつのった。

「手先の話はともかく、そんときの様子を話してくんな」

隼人はそう言って、ゆっくりと歩きだした。綾次の気持は分かるが、かといって、すぐに手先にするわけにもいかない。岡っ引きの仕事にもいろいろ裏があって、端《はた》で見るほど楽ではないのだ。綾次のような若者に、務まるかどうか疑問なのである。

「は、はい、あっしが十歳のときでした」

綾次はこわばった顔で話しだした。


その夜、風が強かった。綾次は看板を揺らす音や軒下を吹き抜ける音でなかなか寝付けなかった。

それでも、いつの間にか眠ったらしい。目を覚ましたのは、母親のおくらが綾次の襟をつかんで、揺り動かしたからだ。おくらの顔が蒼ざめてひき攣《つ》っていた。脇に寝ていた父親の島右衛門《しまえもん》も、こわばった顔で身を顫《ふる》わせている。綾次は子供心にも何か恐ろしいことが起こりつつあることを察知した。

「お、押し込みだ！」

島右衛門が声を震わせて言った。

「おまえさん、く、来るよ」

そう言って、おくらが綾次を抱きかかえた。

そのとき、階下で叫び声が聞こえ、階段を上がってくる足音がした。

「あ、綾次、布団の下にもぐれ！」

島右衛門が声を殺して言った。

足音はすぐそばまで来ていた。咄嗟に、綾次はどうしていいか分からず、母親にすがりついていると、

「早く、綾次！」

島右衛門が布団を持ち上げ、綾次の体をなかに押し込んだ。そして、その上に島右衛門が仰臥《ぎょうが》して背を布団に押しつけたとき、障子をあける音がした。

畳を踏む荒々しい音がした。賊が部屋に入ってきたらしい。すぐに、濡れ雑巾《ぞうきん》でたたく

ような音がし、島右衛門の絶叫がおこった。布団にたおれかかる重みがくわわり、呻《うめ》き声が聞こえた。つづいて、おくらの喉のひき攣《つ》ったような悲鳴が聞こえ、人の倒れるような音がした。

綾次は布団のなかで顫えていた。心ノ臓を握り潰されるような激しい恐怖が綾次を襲った。ただ、子供心にも押し入った賊に見つかれば、斬り殺されることが分かっていて、必死で体の顫えと喉から飛び出してきそうな悲鳴に耐えていた。

いっときすると、呻き声が聞こえなくなった。畳を歩く足音と引き出しをあけるような音が聞こえた。

綾次は、すこしだけ布団に隙間を作り、部屋の様子を覗いてみた。深い闇だったが、チラチラと明りが動いていた。手燭《てしょく》の灯《ひ》のようだ。その明りのなかに、黒い人影が浮かび上がっていた。

黒装束の男がふたりいた。綾次は体が凍りつくような恐怖で身が縮まった。闇のなかに棲《す》む黒い魔物のように見えたからである。それでも、綾次は目を剝いて、部屋の様子を見ていた。

黒装束の男の目が手燭の灯を映じて、ときおりうすくひかった。

「久兵衛親分、ここに金はありませんぜ」

と、ひとりの男がくぐもった声で言った。

賊のひとりが、部屋の箪笥の引き出しをあけて、なかを探っていたようだ。

「よし、下だ」

久兵衛と呼ばれた男は、すぐに廊下へ出た。もうひとりの男も、つづいて座敷から出ていった。

ふたりが去った後も、綾次は布団から出なかった。いつもどってくるか分からず、怖くて出られなかったのである。

綾次が町方の者に助け出されたのは、陽がだいぶ高くなってからだった。

「そうかい、おめえ、ひでえ目に遭《あ》ったんだな」

話を聞いていた利助が、涙声で言った。情にもろい性格らしい。

「闇一味を見たんだな」

隼人があらためて訊いた。当時、町方が綾次から話を聞いていたが、その後、何か探索の手がかりになるようなことを思い出したかもしれないのだ。

「は、はい」

「何か気のついたことはねえかい。人相とか、体格とか」

「顔は黒い布で頰《ほ》っかむりしてやしたんで見えませんでしたが、久兵衛は痩せていて、もうひとりの男はがっちりした体でした」

綾次はくやしそうな顔をして言った。それだけではあまり探索の役に立たないと自分でも分かっているのだろう。

「その後、おまえはどうやって暮らしてたのだ」

隼人が訊いた。ひとり残された綾次が、どう生きてきたか気になったのである。

「遠い親戚ですが、本所《ほんじょ》で瀬戸物屋をやってまして。そこへ、引き取られやした。いまも、そこで店を手伝っていやす」

「そうかい。いろいろあったようだな」

隼人はつぶやくような声で言い、すこし足を速めた。

いつしか、三人は東海道へ出て京橋を渡っていた。大勢の通行人や駕籠《かご》、駄馬などが行き交っていた。東海道を南へむかえば、増上寺の門前ちかくまで行くことができる。

「あっしは、ずっと親の敵を討ちてえと思ってやした。そんなおり、島田屋に押し込みが入り、店の者が皆殺しになったと聞いて闇一味にちがいねえと思い、行ってみたんでさァ」

綾次は隼人の後ろに跟《つ》いてきながら言った。

「おめえ、十六だな」

「はい」

「うむ……」

事情は分かった。綾次が両親の敵を討ちたいという気持も分かる。だが、綾次は若いし、岡っ引きという仕事には危険がともなう。

「綾次、敵を討つどころか、下手《へた》をすると返り討ちに遭うかもしれねえぜ。それでも、岡っ引きになりてえかい」

隼人が訊いた。

「へい、何としても、なりてえんで」

綾次は訴えるような目をして隼人を見た。

「分かった。しばらく、ここにいる利助の下で働いてみな。ただ、手先にすると決めたわけじゃァねえぜ」

隼人は、しばらく様子を見てからだと思った。それに、親の敵として闇一味を捕縛すれば、綾次の気持も変わるかもしれない。

隼人がそう言うと、利助が綾次の方に顔を向けて、

「旦那、綾次の面倒はあっしがみますぜ」

と言って、胸をたたいた。

隼人は利助に下っ引きをつけるのは、すこし早い気もしたが、八吉に事情を話せば、うまく手綱《たづな》を取ってくれるだろうと思った。

8

増上寺の門前通りから狭い路地を入ったところに小体な古着屋があった。黒蜘蛛の九蔵の店である。

表戸はあいていたが、なかに客の姿はなく薄暗かった。いくつか古着が下がっていたが、ひらいているのかしまっているのか分からないような店である。

「ふたりは、外にいな」

そう言い置いて、隼人は店のなかに入っていった。

古着の吊してある土間の先の狭い座敷に、老爺《ろうや》がひとりつくねんと座っていた。背が丸くなり、鬢や髷は真っ白である。九蔵だった。以前会ったときよりも、さらに老け込んでいた。

九蔵は眠っているのか、袖無しの襟元に両手をつっ込んで目をとじていた。日だまりの睡猫《ねむりねこ》のような顔をしている。

「ごめんよ」

隼人が声をかけた。

ちろっ、と九蔵が目をあけた。眠ってはいなかったようだ。座ったまま、表情も動かさずに隼人を見ている。

「こいつをもらうかな」

隼人はそばに吊してあった縞柄の古着を手にし、九蔵のそばの上がり框に腰を下ろした。

「へえ、そいつはお買い得ですぜ」

九蔵がにやりとした。

「いくらだい」

「二朱で」

「もらうか。……ところで、とっつぁん、おれのことを覚えてるかい」

隼人はふところから財布を出しながら訊いた。

「八丁堀の旦那でしょう」

九蔵は膝先の古着を畳みながら言った。どうやら、隼人のことを覚えていたようである。

「ちと、訊きたいことがあって来たんだがな」

隼人は財布から二朱取り出した。

「あっしは、見たとおりの古着屋でして……」

そう言って、九蔵は隼人の手から二朱受け取った。

「なに、その古着屋の話でいいんだ。ところで、勢多屋と島田屋の件は聞いてるかい」

「へえ、こうやって商売をしてやすと、噂だけは耳に入りやすから」

九蔵は上目遣いに隼人の顔を見た。隼人が何を訊きたがっているか、胸の内を探っているようだ。盗人から足を洗ったとはいえ、仲間を売るような話はできないのだろう。

「相手は闇だよ」

「闇ですかい」

「ああいう非道なやつは、盗人の風上にもおけねえ。ちがうかい」

「まったくで」

九蔵の顔にチラッと怒りの表情が浮いた。九蔵のような腕のいい昔気質《かたぎ》の男は、盗人としての自負を持っている。そのため、平気で人を殺す畜生働きの盗人と同一視されることを嫌い、憎悪感をいだいているのだ。

「闇久兵衛のことを話しちゃァくれねえか」

隼人は声をあらためて言った。

「あっしも、やつのことは知らねえんで。闇のなかにひそんでいて、まったく姿を見せねえ」

九蔵は表情のない顔にもどって言った。

「久兵衛はともかく、手下が何人かいるはずだぜ」

隼人は、手下がすくなくとも数人はいるのではないかとみていた。そのなかには、腕のいい武士もいるはずである。

「手下も分からねえ。……ただ、ひとり、あっしの知ってるやつが、闇の仲間にくわわったと耳にしたことはありやす」

「そいつは、だれでえ」

「佐吉《さきち》でさァ。鼠のようにすばしっこいやつで、仲間うちじゃァ鼠の佐吉と呼ばれてやした」

「佐吉はどこにいる」

「分からねえ。……盗人は、滅多なことじゃァ居所を話しゃァしねえからよ」

九蔵は、あっしのように、八丁堀の旦那にまで知られた間抜けもいやすがね、と言って、へらへらと笑った。

「居所は分からなくても、何かたぐる手がかりがあるだろう」

「ねえなァ」

「何でもいい」

「そういゃァ、佐吉は女に目がねえ。やつが金をつかんだとすりゃァ、女のとこでしょうよ」

「女か」

隼人は手先を使って吉原や岡場所をあたれば、佐吉の所在がつかめるかもしれないと思った。

「ところで、闇一味には腕のいい武士がいるらしいんだが、おめえ、心当たりはねえかい」

武士ということになれば、盗人仲間でも特異な存在であろう。

「知らねえなァ。……ですが、そいつは盗人というより人斬りですぜ」

九蔵は怖気《おぞけ》をふるうように身震いした。

「人斬りか」

武士は人斬り役だ、と九蔵は言っているのだ。ふだんは、盗人仲間とはあまり接触せず、まったく別の暮らしをしているとみていいのかもしれない。

それから、隼人は闇一味のことについて、色々訊いてみたが、九蔵もそれ以上のことは知らないようだった。

「とっつァん、邪魔したな」

　そう言って、隼人は古着をかかえて店を出た。

　戸口のところで、利助と綾次が待っていた。

「綾次、後で着替えな。町方らしくなるぜ」

　隼人は手にした古着を綾次に手渡した。古着のなかから、綾次にも着られそうな袷《あわせ》を選んだのである。

「へ、へい」

　綾次は驚いたように目を剝いたが、隼人の気持が分かったらしく、古着を抱きかかえて、ありがとうございます、と涙声で言った。

第二章　鼠の佐吉

1

隼人は、鼠の佐吉の立ち寄りそうな岡場所の聞き込みを利助と綾次に頼み、自分は別の筋から闇一味を追ってみようと思った。

九蔵が人斬り役と言った武士である。

隼人は、本所石原町《いしわらちょう》にある野上《のがみ》道場にむかった。道場主の野上孫兵衛《まごべえ》は、隼人が直心影流を学んだ団野《だんの》道場の高弟だった男で、十数年前に独立して石原町に町道場をひらいたのである。

野上とは隼人が八丁堀同心になったころから親交があり、いまもときおり道場を訪ねて剣術の指南を受けることがあった。

道場の戸口に立つと、残り稽古していたらしい若い門弟が隼人を道場に招じ入れ、母屋にいる野上を呼びにいった。門弟も隼人のことを知っていたのだ。

野上は師範代の清国新八郎《きよくにしんはちろう》といっしょに姿をあらわした。

「めずらしいな、稽古か」

そう言って、野上は相好《そうごう》をくずした。

野上は偉丈夫だった。太い首、厚い胸、両腕は丸太のように太い。隼人の前に座した姿は、どっしりと落ち着き、剣の達人らしい威風がただよっていた。すでに、五十半ばで鬢には白い物も見えたが、老いた様子はなく全身に活力がみなぎっている。

清国は二十代後半である。団野道場から野上道場に移り、長年野上の教えを受けた男で、二年ほど前から師範代として門弟たちに指南していた。長身で痩せていたが、鍛え抜かれた体は、鋼《はがね》のような筋肉におおわれていた。面長で肌が浅黒く、双眸《そうぼう》が鋭い。いかにも、武芸者を思わせる面立ちである。

野上には妻子がなかったので、御家人の冷や飯食いである清国を養子にして道場を継がせたい肚《はら》らしいのだ。

「いえ、稽古はまたの機会に」

そう言って、隼人はあらためて道場内に目をやった。若い門弟がいては、話しづらかったのである。幸い、残り稽古をしていた門弟は、着替えの間の方に移っていた。稽古を終わりにして帰るようだ。

「捕物の話か」

　野上はそう言って、脇に座している清国に目をやった。清国は微笑したまま隼人を見ている。

「はい」

「話してみろ」

「勢多屋と島田屋に押し込みが入ったことはご存じで」

「噂だけは聞いている」

「闇一味と呼ばれる名うての兇賊でしてね」

「それで」

「実は、その闇一味のなかに腕のいい武士がくわわっているようなのです」

隼人は、島田屋で検屍した首を刎られた死体と背後から袈裟に斬られた死体のことを話し、いずれも、一太刀です、と言い添えた。

「手練のようだな」

野上が低い声で言った。

「それで、おふたりに何か心当たりはないかと、うかがったわけです」

隼人は野上と清国に目をむけた。

「それだけでは、雲をつかむような話だな」

野上は苦笑した。清国も首をひねっている。

「それに、ふたりは籠手を斬り落とされていました」

「籠手をな」

野上が笑いを消して言った。

「はい、そのうちのひとりは手首から三、四寸のところをスッパリと」

「籠手を狙って斬り落としたのなら、尋常な剣ではないぞ。通常の籠手斬りでは、腕を斬り落とすほど強く斬り込まぬからな」

野上は驚いたような顔をした。脇に座している清国も、うなずいている。

「わたしも、そうみました。それで、野上どのなら何か心当たりがあるのではないかと思い、訪ねてきたのです」

隼人も、死体を見たとき籠手斬りに特徴のある剣ではないかと思ったのだ。

「心当たりと言われてもな……」

野上は腕を組んで、いっとき黙考していたが、

「それだけでは何とも言えんが、小野派一刀流《おのはいっとうりゅう》かもしれん」

と、つぶやくような声で言った。

「小野派一刀流」

隼人が聞き返した。

「いやいや、それだけで即断してはいかん。……そうかもしれんと言っただけだ」

野上は慌てて言い足した。

野上によると、小野派一刀流では木刀による組太刀の稽古のおり鬼籠手《おにごて》と称する分厚い防具を両腕にはめて打ち合うという。そして、かならず技の最後に籠手を打つのだそうである。

「つまり、すべての技の決めとして籠手を打つのだ。したがって、小野派一刀流を学ぶ者の籠手斬りは、他流より斬撃《ざんげき》が鋭いとみていい」

「なるほど」

「だが、それだけでは何とも言えん。たまたま、強く斬り込んだだけかもしれんし、他流にも籠手斬りの達人はいるからな。……それに、相手の構えも太刀筋も見ていないのだ」

野上は、決め付けない方がいい、と言い添えた。

隼人も野上の言うとおりだと思った。

そのとき、野上の脇で黙って聞いていた清国が口をはさんだ。

「長月どの、そやつ夜盗の一味なのですか」

「そうです。何度も押し入って、人を斬っている兇徒です」

「とすると、牢人でしょうね」

「長年盗賊一味にくわわっているのだから、主持ちの武士ということはないでしょう。

……あまり人付き合いのない牢人とみてるんですが」

隼人は、金ずくで人を斬る無頼牢人か、裏店《うらだな》などにひっそりと身を隠している牢人ではないかと思っていた。

「腕を斬り落とすほどの籠手技を遣い、平気で人を斬る、腕のたつ牢人ということになりますね」

清国が言うと、

「それだけ分かっているなら、探し出せるかもしれん。知り合いの道場を当たってみようか」

と、野上が言い添えた。

「いえ、わざわざ出かけていただかなくとも……。何かのおりに訊いていただくだけでじゅうぶんです」

隼人は恐縮して言った。

野上を町方の手先のように使うわけにはいかなかった。それに、籠手技の得意な牢人といっても、雲をつかむような話なのだ。

「そうか。……構えなり、太刀筋なり、人物や流派の特定できそうなことが分かったら、知らせてくれ。そうすれば、おまえの役に立てるだろう」

野上も、それだけで人物を特定するのはむずかしいと思ったようだ。

話がとぎれて座を沈黙がつつむと、野上が、

「どうだ、長月、すこし汗をかいてみないか」

と、相好をくずして言った。

すると、清国が、ぜひ、一手、と言って、身を乗り出した。師弟そろって、稽古好きなのである。

「またにします」

隼人は慌てて立ち上がった。

汗をかくぐらいならいいが、ふたりと稽古を始めたら一刻《いっとき》（二時間）以上はつづくだろう。しばらく稽古らしい稽古をしていない隼人は、足腰が立たなくなるかもしれない。

2

その日、隼人は利助と綾次を連れて、吉原にむかった。

これまで、利助と綾次は、深川、下谷《したや》、浅草など、佐吉が立ち寄りそうな岡場所をまわって聞き込んだが、まったく手がかりはつかめなかった。

「吉原かもしれねえなァ」

勢多屋と島田屋に押し込み、大金を手にしたので吉原へ通っているのではないか、と隼人は思った。それで、吉原を当たってみることにしたのである。

隼人は牢人体で来ていた。八丁堀同心の格好では人目を引くし、佐吉のことを知っている者がいても警戒して話さないだろうと思ったからである。

吉原へは、柳橋《やなぎばし》や山谷《さんや》堀にある船宿から猪牙舟《ちょきぶね》で行くか、浅草寺《せんそうじ》裏手の日本堤を駕籠か徒歩で行くかである。

隼人たちは、八丁堀から神田、浅草と歩いて山谷堀へ出た。そのまま日本堤を歩いて吉原へ行くつもりだった。

七ツ（午後四時）ごろだろうか。陽はだいぶ西にかたむいていたが、夜見世《よみせ》の始まる暮れ六ツ（午後六時）までには、まだ間がありそうである。

日本堤はにぎわっていた。通りの両側には葦簀《よしず》張《ば》りの水茶屋や団子《だんご》、飴《あめ》、菓子などを売る屋台などがつらなり、客を案内する茶屋の若い衆《し》、駕籠、頭巾で顔を隠した武士、遊び人ふうの男などが吉原にむかって歩いていた。

隼人は話の聞けそうな男がいないか、通りの左右に目をやりながら歩いた。まず、日本堤で話を聞いてみようと思ったのである。

水茶屋の脇に、一見して地まわりと思われる男がいた。弁慶縞《べんけいじま》の小袖を着流し、雪駄《せった》履きで通りに目をやっている。金のせびれそうな客を物色しているらしい。

「あいつに訊いてみよう。逃げられねえように、脇に立ってくれ」

隼人は、利助と綾次に耳打ちした。

ふたりは無言でうなずき、隼人のそばを離れ、水茶屋の脇に立っている男の左右へまわった。

隼人は男の前に近寄った。

「て、てめえ、何か用か」

男は隼人を見て驚いたように目を剝き、声を荒らげた。無頼牢人が因縁でもつけるために近付いてきたと思ったのかもしれない。

「おめえに、話がある」

そう言って、隼人が男の前に立とうとすると、男は腰を引いて、その場から逃げようとした。そこへ、利助と綾次がスッと身を寄せて男の両脇に立った。

「な、なんだ、てめえたちは」

男の顔がこわばった。

「なに、ちょっと訊きてえことがあるだけだ。手荒なことはしねえよ」

「何の話だい」

男は目を怒らせて言ったが、声は震えを帯びていた。

「佐吉という男を知ってるか」

隼人が低い声で訊いた。

「佐吉だけじゃァ分からねえぜ。……おれの知ってるぼてふりも佐吉だし、茶屋の若い衆にも佐吉がいるぜ」

「もっともだ。おれの知りてえ佐吉は、盗人でな。ちかごろ大金をつかんで、吉原に顔を出すようになったはずだ」

隼人は闇一味のことは口にしなかった。この男が、闇一味のことを知っているとは思えなかったからである。

「知らねえな」

男は首を横に振った。

「佐吉ではなく、別の名を遣ってるかもしれねえ。ともかく、素性の知れねえやつで、ちかごろ大金を使うようになった男だ」

「それだけじゃァ分からねえ。それに、おれは大門のなかのことはくわしくねえ。文使《ふみづかい》のとっつァんなら知ってるかもしれねえぜ」

男が声を落として言った。

文使というのは、遊女の文を客にとどける便り屋である。吉原では揚屋町の路地裏に住んでいた。

隼人は、文使なら吉原のことはくわしいかもしれないと思った。頻繁に遊女や茶屋の亭主などに会い、客の話をしたり悩みごとを聞いたりするので、廓内《くるわ》の噂はたえず耳に入ってくるはずである。

「文使の名は」

「泉助《せんすけ》で」

「そうか」

隼人は、揚屋町に行けば分かるだろうと思った。

男を解放すると、隼人たち三人は吉原へ足をむけた。そして、吉原の入り口である大門をくぐり、左右に引手茶屋を見ながら仲の町の通りを揚屋町にむかった。まだ、夜見世は始まっていなかったので、それほど客はいなかったが、それでも遊客、素見《ひやかし》、茶屋の男衆、使いに出た禿《かむろ》などが行き交い、華やいだ雰囲気につつまれていた。

揚屋町に入って、隼人が通りかかった男衆に文使の家を訊くと、路地奥の荒家《あばらや》なので、行けば分かるということだった。

「あれらしいな」

鉄漿溝《おはぐろどぶ》のちかくに、庇《ひさし》が落ちかけ腰高障子の破れた荒れた裏店があった。隼人は付近にそれらしい家屋はないので、そこだろうと見当をつけた。

「ふたりは、河岸見世《かしみせ》の路地番《ろじばん》からでも聞き込んでくれ」

隼人はそう言って、戸口でふたりと別れた。

河岸見世というのは、局見世《つぼね》とも切見世とも呼ばれる最下級の女郎屋である。一棟を長屋のようにいくつもの部屋に区切り、そこに客を引き込んで、短い時間を切り売りした。路地番は、河岸見世の客が滞らないよう整理をして歩く男である。

3

「ごめんよ」

隼人は腰高障子をあけて声をかけた。

土間の先の座敷に男がひとり座り、火鉢のそばで茶を飲んでいた。小柄で貧相な初老の男である。

男は隼人の方に顔をむけて、ちいさく頭を下げた。表情のない顔をしていたが、隼人を見たとき、細い目が刺すようなひかりを帯びた気がした。

……ただの文使じゃァねえようだ。

と、隼人は察知した。あるいは、黒蜘蛛の九蔵のように名のある盗人だったのかもしれない。

「泉助さんかい」

隼人は上がり框に腰を下ろしながらおだやかな声で訊いた。

「へえ、お侍さまは」

泉助は膝を隼人の方にむけたが、火鉢のそばから離れなかった。

「長月隼人という者だ」

この男には、素性を知らせた方がいいと判断した。下手《へた》に隠しても、看破されるだろうと思ったのである。

「長月さま」

泉助は、八丁堀の旦那で、とくぐもったような声で言った。

「そうだ」

「鬼の旦那が、あっしに何の用です」

泉助は隼人のことを知っているようである。

隼人は、抵抗する科人《とがにん》を情け容赦なく斬るので、江戸の盗人、無頼牢人、無宿者などから、鬼隼人とか八丁堀の鬼と呼ばれ、恐れられていたのである。泉助が、隼人のことを鬼と呼んだので、その筋の者たちとつながりがあるとみていいようだ。

「勢多屋と島田屋のことを聞いたかい」

隼人は世間話でもするような口調で言った。

「へえ、こんな商売をしてるといろいろ耳に入りますんでね」

「それでな、闇一味のことを知りてえんだ」

隼人がそう言うと、泉助の顔に警戒するような表情が浮いた。

「闇一味などと、てまえは何のことか分かりませんが」

泉助は首をひねりながら言った。

……とぼけている。

と、隼人は思ったが、また、世間話でもする調子でつづけた。

「おめえを疑ってるわけじゃァねえんだぜ」

「そりゃァどうも。ですが、知らねえものは知らねえと答えるしかねえもんでね」

泉助は表情も変えずに言った。

「そうかい。八丁堀の鬼のことは知ってても、闇に棲む刹鬼《せっき》のことは知らねえわけだ。それとも、かばってるのかい」

「てまえは、刹鬼などかばやァしません。闇一味のことは、てまえの耳にも入ってこねえんですよ」

泉助の顔に苛立った表情が浮いた。闇久兵衛の名と悪業ぶりは耳にしてるが、所在も正体も知らないということらしい。

「それなら、佐吉という男を知ってるだろう」

隼人は話題を変えた。

「さァ」

「闇久兵衛の手先とみている」

「…………」

泉助は首をひねった。本当に知らないようだ。

「名を変えているかもしれねえ。そいつは女好きだ」

「男はみんな女好きで」

泉助の口元にかすかな嗤《わら》いが浮いたが、すぐに消えた。

「ちかごろ、ここにくるやつで、金使いの荒いのはいねえかい。盗人らしいやつでな」

泉助なら、ただの町人か盗人のように闇に棲む者か、身辺にただよわせている雰囲気で見当はつくはずである。

「それらしいのが、ひとりおりやす」

そう言って、泉助は手にした湯飲みを膝先に置いた。

「いるか」

「へい、そいつが旦那の追ってる佐吉かどうか分からねえが、廓《ここ》では与吉《よきち》と名乗っていやす」

泉助は抑揚のない声で言った。

「与吉か」

「与吉は、ちかごろ角町《すみ》の半籬《はんまがき》、栄屋《さかえや》の菊江《きくえ》という振袖新造《ふりそでしんぞう》に入れ込んでいるようですよ」

吉原の妓楼の造りは、惣籬《そうまがき》（大見世）、半籬（中見世）、惣半籬（小見世）に分かれている。

籬は店の入り口に組まれている細い格子のことで、惣籬は全面が格子になっている最上級の妓楼で、半籬は格子の一部があいている中級の妓楼、惣半籬は下半分だけ格子が組まれている下級の妓楼である。

むろん、揚げ代が店の格によって異なっている。振袖新造というのは、まだ、自分の部屋を持たず、振袖を着ている若い遊女である。

「どんな男だい」

「歳のころは、二十七《ひっ》、八《ぱち》ってとこですかね。痩せていて、顎のとがった男です」

「うむ……」

それだけ聞けば、分かるだろう。

それから、隼人は闇一味の武士についても訊いてみたが、泉助は首を横に振っただけだった。

「邪魔をしたな」

隼人は外へ出た。

戸口の前でいっとき待つと、利助と綾次がもどってきた。ふたりに聞き込みの様子を訊くと、何人かの路地番に佐吉のことを訊いてみたが、知っている者はいなかったという。

「泉助が、それらしいやつを教えてくれたぜ」

隼人は、与吉と名乗る男と栄屋の菊江のことを話し、これから探りにいくことを伝えた。

すでに、暮れ六ッ（午後六時）を過ぎていた。角町の通りの左右には、紅殻格子《ベンガラごうし》の大見世、中見世、小見世の妓楼が軒を並べ、不夜城のようにかがやいていた。大勢の遊客が行き交い、三味線の音、嬌声、素見客《ひやかし》の笑い声などが、さんざめくように聞こえている。吉原はこれからが本番である。

「あれだな」

半籬の造りの店の脇に妓夫《ぎゆう》（客引きなどをする見世番）台が置かれ、その奥に栄屋と記された大きな暖簾が下がっていた。

「どうしやす」

利助が訊いた。いかに八丁堀同心でも、菊江を呼び出して話を訊くわけにはいかなかった。

「若い者《もん》が出て来たら話だけ訊いてみるか」

与吉が登楼していれば別だが、来ていなければ、今夜のところはこれまでだろう。

隼人は利助と綾次を連れ、斜向《はす》かいの小見世の脇に立って、話の訊けそうな若い衆が店から出てくるのを待った。

いっとき待つと、提灯《ちょうちん》を持った男が栄屋から出てきた。店の若い衆らしい。隼人はすぐに近付き、袖の下を使って、与吉という男が登楼しているか訊くと、今夜は来ていないとのことだった。

「与吉だが、よく来るのか」

隼人は男といっしょに角町の通りを歩きながら訊いた。利助と綾次は、隼人の後ろを跟いてくる。

「へい、三日に一度ほど。……菊江にご執心のようでしてね」

男は卑猥《ひわい》な笑いを口元に浮かべながら言った。

「来るときは、何時《なんどき》ごろだ」

「たいがい、夜見世が始まるころでして」

「そうかい」

となると、今夜は来ないとみていいようだ。

「ところで与吉だが、塒《ねぐら》が分かるかい」

「そこまでは……。廓《ここ》には、猪牙舟《ちょきぶね》で来るようですがね」

「船宿か」

「へい、柳橋の滝口屋《たきぐちや》の舟を使うことが多いようで」

「滝口屋か」

隼人は、そこまで訊いて男と別れた。今夜の探索はこれまでである。吉原を出て日本堤を浅草の方へもどりながら、隼人は利助と綾次に、滝口屋を見張って与吉を尾《つ》けるよう指示した。吉原より滝口屋に張り込んだ方が、確実に与吉を押さえられると思ったのである。

4

「兄い、与吉のやつ、来るんですかね」

綾次が、疲れ切ったような顔をして言った。連日の慣れない聞き込みや張り込みで、さすがに疲れたらしい。

利助と綾次は、大川端の灌木の陰から滝口屋の店先を見張っていた。ふたりがその場に張り込むようになって二日目、今日も二刻（四時間）以上経《た》っていた。すでに、陽は家並のむこうにまわり、暮れ六ツ（午後六時）ちかくになっていた。

滝口屋には、何人もの客が出入りしたが、隼人から聞いていた、痩せて顎のとがった二十七、八の男は、まだ姿をあらわさない。

「おい、綾次、捕物ってえのはな、何より辛抱《しんぼう》が肝心なのよ」

利助が兄貴面《あにきづら》して言った。

「分かっていやすが……」

綾次は困ったような顔をして利助を見た。

「馬鹿野郎、情けねえ面《つら》するんじゃァねえや。うちの親分なんか、二日でも三日でも平気で張り込んでるぞ。一度食らいついたら離さねえ、それが腕のいい御用聞きよ」

利助はもっともらしいことを言った。みんな、八吉の請売りである。

「それに、おめえ両親の敵が討ちてえんじゃァねえのかい」

「はい」

綾次は顔を上げた。

「それじゃァしっかりしろい」

「………」

綾次はちいさくうなずき、滝口屋を睨むように見すえた。

ふたりは、それから半刻（一時間）ちかくねばったが、与吉らしい男は姿を見せなかった。

「綾次、腹がへったな」

利助が渋面で言った。

「腹がへってちゃァ張り込みもできねえ。おれが先に腹ごしらえをしてくらァ。もどってくるまで、おめえ、張っててくんな」

「へえ……」

綾次は滝口屋に目をやったままうなずいた。

「交替だよ。おれがもどってきたら、おめえの番だ」

そう言い置くと、利助は跳ねるような足取りでその場から離れていった。

ひとり残された綾次は、樹陰にかがみ込んだまま滝口屋を見張っていた。店先から灯《ひ》が洩《も》れ、酒を飲んでいるらしく二階の座敷から男の濁声《だみごえ》や哄笑などが聞こえてきていた。

ときおり、店の前の桟橋から客を乗せた猪牙舟が、出たり入ったりしていた。吉原の遊客を送り迎えしているのである。

利助がその場を離れて半刻(一時間)ほど経ち、綾次が苛立ちと不安を覚え始めたときだった。

客を乗せた一艘《そう》の猪牙舟が、桟橋に入ってきた。客はひとり、痩せてすこし猫背の男だった。

……あいつかもしれねえ!

綾次の胸が早鐘《はやがね》のように鳴り出した。

男は手ぬぐいで頬っかむりしていたので、顔も年頃も分からなかった。船頭が水押《みお》しを桟橋につけると、男は桟橋に飛び移った。その身軽さからみて、年配でないことは確かである。

男は船頭に何か声をかけると、足早に石段を上り、滝口屋にむかった。

滝口屋の店先で、男は頬っかむりを取った。そして、暖簾を片手で撥《は》ね上げ、店に入っていった。

そのとき、滝口屋の明りに、顎のとがった顔が浮かび上がった。

……あいつだ！

綾次は目を剝き、身を硬くした。

歳の頃も二十七、八に見える。まちがいなかった。与吉と名乗る男である。

……兄い、早くもどってくれ。

綾次は祈るような気持で利助が消えた夜陰に目をやった。

与吉はすぐに店から出てきた。勘定を払って、そのまま帰るのであろう。ぶらぶらと大川端を川下の方へむかって歩いていく。

……ど、どうする！

綾次は焦《あせ》った。与吉の後ろ姿が、夜陰のなかに遠ざかっていく。このまま見過ごすか跡を尾けるか……。

綾次は跡を尾けようと思った。見逃したら、二度と与吉は姿をあらわさないような気がしたのである。

綾次は樹陰から通りへ出た。前を行く与吉の後ろ姿が、ぼんやりと月明りに浮かび上がっている。ときどき与吉が物陰に入るとその姿が闇に消えるので、綾次は不安になり、すこし間をつめた。

与吉は大川端の通りを歩き、神田川にかかる柳橋の手前まで来ると、右手にまがった。そこは平右衛門町《へいえもんちょう》である。与吉は神田川沿いの通りを浅草御門の方へむかっていく。道沿いに軒を連ねる表店は板戸をしめ、洩れてくる灯《ひ》もなく、ひっそりとしていた。

綾次は大川端の道よりすこし闇が濃くなったような気がした。ときおり、飄客《ひょうかく》や夜鷹《よたか》らしい女などが通ったが、ほとんど人影はない。神田川の水音が、昂《たか》ぶった綾次を嘲笑《あざわら》うかのように足元の闇のなかから聞こえてきた。

与吉がすこし足を速めた。見失うまいとして、綾次も足を速くした。与吉の背が大きくなり、雪駄の音が聞こえるようになった。それだけ、間がつまったのである。

浅草御門の前まで来たときだった。ふいに、与吉が振り返った。綾次は慌てて道沿いの表店の軒下闇に飛び込んだ。

……気付かれたか！

綾次は闇のなかで身を縮めた。

だが、与吉に変化はなかった。前と同じような歩調で歩いていく。綾次はほっとした。気付かれなかったようである。

ところが、千住街道を横切り浅草御門の前を通り過ぎたときだった。ふいに、与吉が右手の表店のつづく側に身を寄せた。と、次の瞬間、与吉の姿が夜陰のなかに掻き消えたのである。

綾次ははじかれたように走りだした。ここで、与吉を見逃すわけにはいかなかった。綾次は与吉の姿が消えた辺りまで来たが、その姿はなかった。足音も聞こえない。綾次は慌てて周囲に目をやった。

小体な表店の間に細い路地があった。与吉はそこへ入ったにちがいない。綾次は目を剝いて、夜陰につつまれている路地を見つめた。月明りに、ぼんやりと細い道筋が見えたが、人影はなかった。

綾次は怖かったが、路地へ入ってみた。何とか与吉を見つけだしたかったのだ。綾次は恐る恐る一町ほど歩いたが、与吉の姿はなかった。路地はすぐに四辻に突き当たった。そこで、綾次は足をとめた。その先与吉がどの道を通ったのか、綾次には分からなかった。

……逃げられた。

と、綾次は思った。

滝口屋を見張っていた樹陰にもどると、利助の姿があった。綾次は、すぐに与吉を尾行した一部始終を利助に話した。

利助は顔をこわばらせた。

「まかれたのか！」

「そうらしいんで……」

綾次は首をすくめて消え入りそうな声で言った。

「どじを踏みゃァがって」

利助は苦々しい顔をした。

「あっしひとりじゃァ、どうにもならなかったんで」

「しょうがねえな」

利助は打ち萎《しお》れた綾次の姿を見て、かわいそうに思ったのか、急に声をやわらげ、

「おれが、おめえを置き去りにしてめしを食いにいっちまったのが悪いんだ。……今度は、おれも尾けるから気を落とすな」

そう言って、綾次の肩をたたいた。

5

隼人が庄助を連れて組屋敷の木戸門を出ると、路傍にたたずんでいる人影があった。利助と綾次である。ふたりとも肩を落として、冴えない顔をしている。

「どうしたい、情けねえ面《つら》して」

　隼人は通りをゆっくりと歩きながら訊いた。

「旦那、面目ねえ。どじを踏んじまいやして」

　利助が小声で言った。その後から、綾次がうなだれて跟《つ》いてくる。

「何があった」

「へい、与吉に気付かれちまいやして……。綾次、おめえから旦那に申し上げな」

　そう言って、利助が綾次を振り返った。

「あっしが、与吉の跡を尾けてまかれちまったんです」

　綾次がうなだれたまま訥々《とつとつ》と与吉を尾行したときの様子を話した。

　話し終わると、利助が後を引き取って、

「それから、あっしと綾次とで三晩も張り込みやした。ところが、与吉はそれっきり滝口屋に姿を見せねえ。あっしが思うには、与吉は町方が見張ってると気付いて姿を消しちまったにちげえねえんで」

　と、言い足した。

「それで、どうしたものかと、ここに来たわけだな」

「へい」

利助と綾次がいっしょに、ぺこりと首を下げた。

隼人は足をとめて、綾次の姿を見ながら、

「それで、与吉の跡を尾けたのは綾次だけか」

と、訊いた。

「あっしだけで」

綾次がそう答えると、隼人は、

「それなら、町方が、追ってるとは思うまいよ。綾次を見て、お上の手先と思うか」

と言って、口元をゆるめた。

綾次は、隼人がくれた縞柄の袷を着て尻っ端折りしていたが、細い脛をあらわにし、草《ぞう》履《り》履きだった。手足は棒のように細く体も華奢《きやしや》で、歳は十六だったが、まだ少年のように見える。

「まったくだ、この体じゃァ岡っ引きには見えねえ」

利助も綾次を見て笑った。

「ただ、綾次が尾けたのは気付いたにちげえねえ。それで、用心して滝口屋には近付かねえんだろうよ」

そう言って、隼人は歩きだした。

「旦那、このままじゃァ与吉の正体がつかめねえ」

綾次は、まだ肩を落としていた。

「栄屋に菊江という女がいるだろう」

「…………」

「佐吉は女好きだ。与吉が佐吉なら、菊江をかんたんにあきらめやァしねえよ」

「そうか、栄屋を見張ればいいのか」

綾次が声を上げた。

「だが、栄屋を見張るのは人目につく。滝口屋の舟を使わないとなると、駕籠か歩きだが、佐吉が駕籠を使うはずはねえ。日本堤で見張ってりゃァ、そのうち顔を出すだろうよ」

「分かりやした」

利助が声を強くして言った。綾次もやっと気を取り直したらしく、目をひからせてうなずいた。

「綾次、利助、尾けるときは逃げられてもいいから、相手に気付かれねえようにしな」

隼人が念を押すように言った。

「へい」

ふたりは、ぺこりと頭を下げ、その場から走り去った。

隼人は、ふたりの後ろ姿に目をやりながら、
……綾次、おめえ下手をすると、闇一味に消されるところだったんだぜ。
と、胸の内でつぶやいた。

その日、隼人は南町奉行所の同心詰所で天野と会った。その後の探索の様子を訊いてみようと思ったのだ。

「それが、まったく尻尾《しっぽ》もつかめないんです」

天野は浮かぬ顔をして言った。

天野によると、手先を動員して賭場、岡場所、飲み屋など、金をつかんだ盗人が立ち寄りそうな場所をくまなく当たったという。ところが、闇一味と思われる者はまったく浮かんでこず、いまのところ何の手がかりもないとのことである。

「まさに、闇のなかに消えてしまったようですよ」

天野は顔に焦燥の色を浮かべて言った。

「まったくだな。江戸から逃げた様子もねえし、どこへ消えちまったのか」

天野の言うとおり、闇一味は江戸の闇のなかに姿を消してしまったように思われた。町方の探索を逃れているだけでなく、盗人仲間にさえ、正体も所在もつかまれていないのだ。

腕のいいひとり働きの盗人ならともかく、闇一味には頭目の久兵衛以下数人がいるはずである。何人かは探索の網にかかってもいいはずなのだが、佐吉以外はまったく浮かんでこないのだ。

こうなると、佐吉だけが頼りだった。

隼人は天野に佐吉のことを話してから奉行所を出た。

闇一味の武士を追ってみるつもりだった。とりあえず、歓楽街や賭場に巣くっている無頼牢人を何人か締め上げてみようと思った。平気で人を斬るような牢人なら、無頼牢人の仲間だった可能性があると踏んだのである。

隼人は組屋敷に帰り、牢人体に身を変えてから、深川熊井町にある仁蔵《にぞう》という男が貸元をしている賭場へ行ってみた。

八吉が岡っ引きをしているころ嗅《か》ぎ付けたのだが、あまり阿漕《あこぎ》なことはせずこぢんまりとやっているので、見逃していた賭場である。元商家の寮（別荘）だった家で、空家《あきや》になっているのを仁蔵が買って賭場にしたらしい。

その賭場は、裏店のつづく路地を通りぬけた突き当たりにあった。すぐ裏手が大川になっていて、静かで眺めのいい場所にある。

隼人は、賭場の見える町家の板塀の陰に身をかがめた。賭場に出入りする者のなかから、それらしい牢人を選んで話を聞くつもりだった。

陽が沈み、辺りが暮色に染まってくると、賭場へつづく路地を男が、ひとり、ふたりと足早にやってきた。富裕な商人ふうの男はいなかった。職人、船頭、小店の親父《おやじ》、遊び人などが目についた。大きな金の動かない賭場なのである。

そのとき、牢人体の男がひとり、ふところ手をして肩を揺するようにしてやってきた。

……来たな。

総髪で、黒鞘の大刀を一本落とし差しにしていた。無精髭がのび、いかつい顔をしていた。一見して無頼牢人と分かる風体《ふうてい》である。

隼人は板塀の陰から牢人の前に出て、行く手をふさぐように立った。

「だれだ、きさま!」

牢人は目を剝き、威嚇するような声で誰何《すいか》した。

「名乗るほどの者じゃァねえ。手間はとらせねえから、いっしょに来てくんな」

隼人はおだやかな声で言った。

「どこへ、来いというのだ」

「話を聞くだけだ。この通りじゃァ、人目につくだろう」

「ことわる。きさまなどと話す気はない」

牢人は憮然《ぶぜん》とした顔で、隼人を押し退《の》けて通り過ぎようとした。

と、一瞬、隼人の腰が沈み、鞘走る音が聞こえたと思うと、切っ先が牢人の首筋に当てられていた。

「な、なにをする！」

牢人は驚怖《きょうふ》に目を剝き、声を震わせた。

「手荒なことはしたかァねえんだ。おとなしくついてきな」

隼人は切っ先で追い立てるようにして、牢人を板塀の陰に連れていった。

「なに、ちょっとした恨みがあってな、人を探してるんだ」

そう言って、隼人は刀身を鞘に納めた。隼人としても、ことを荒立てたくはなかったのである。

「だれを探してる」

牢人は苦々しい顔をして訊いた。

「名は分からぬが、武士だ。おそらく、牢人だろう。腕はいい。籠手技が得意で、小野派一刀流を遣うかもしれん」

隼人は推量をまじえて言った。

「それだけじゃァ分からんな」

「そやつ、平気で人を斬る男でな、おれの知り合いの親が殺られた。最近、大金をつかんだので、金遣いは荒いはずだ」

「心当たりはないな」

牢人は首をひねった。自分とかかわりのないことと知って、話す気にはなっているようだ。

「仁蔵の賭場に、それらしい男は来てないか」

「来ない。ここ半月ほど、おれの他に牢人者を見たことはない」

牢人は声を強くして言った。

「そうか」

ここの賭場には来ていないようである。もっとも、その男が博奕《ばくち》をやるかどうかも分かっていなかったので、隼人は落胆しなかった。

隼人は牢人と別れた。そのままの足で、深川、富ヶ岡八幡宮界隈《かいわい》の岡場所へ行き、牢人者や妓楼の男衆などから話を聞いてみたが、やはりそれらしい武士は浮かんでこなかった。

それから隼人は数日かけて、浅草鳥越町《とりごえちょう》の賭場、岡場所で知られた下谷の山下や浅草寺界隈などを当たったが、武士を探る手がかりすら得られなかった。

隼人ばかりではなかった。利助と綾次は、連日日本堤へ出かけて佐吉を見張っていたが、それっきり佐吉も姿を見せなかった。まさに、闇一味は江戸の闇のなかに姿を消してしまったかのようだった。

……まったく、姿が見えねえ。

隼人の胸に焦燥がわいた。

6

その日、隼人は八丁堀の組屋敷を出るのがすこし遅くなった。朝餉の後、母親のおつたの愚痴を聞かされ、登太に髪を結わせていた縁側からなかなか腰を上げられなかったのである。

陽はかなり高くなっていた。五ツ半（午前九時）ちかいかもしれない。隼人は庄助を連れ、慌てて木戸門から通りへ出た。

そのとき、通りを駆けてくる足音が聞こえ、

「旦那ァ！」

と、利助の声が聞こえた。

振り返ると、利助と綾次が先を競うように駆けてくる。何かあったらしい。

「どうした？」

「て、大変《てえへん》だ。く、闇一味が、田代屋《たしろや》を」

利助が息をはずませながら言った。顔が真っ赤である。綾次も苦しそうに喘いでいる。

ふたりは走りづめで来たらしい。

「押し入ったのか」

隼人の声が大きくなった。

「へ、へい、み、皆殺しらしいんで」

「なに！」

隼人は、ふいに胸を刃物で突き刺されたような衝撃を覚えた。町方の探索を尻目に、闇一味はまた商家に押し込み、皆殺しにしたというのだ。

「田代屋というと、両替屋か」

日本橋伊勢町の田代屋は奉公人が五、六人で、両替商のなかでは小規模だった。ただ、商売は堅実で大店に負けない資力があるとみられていた。闇一味が、目をつけそうな店なのである。

「へい、天野の旦那も田代屋にいるはずで」

「行ってみよう」

隼人は、すぐに伊勢町へむかった。道々、利助から話を聞くと、早朝、顔見知りのぼてふりが、豆菊へ来て田代屋に夜盗が押し入ったことを知らせたという。

利助は豆菊に泊まり込んでいた綾次を連れ、伊勢町へすっ飛んでいった。すでに、田代屋には三、四人の岡っ引きが来ていて、そこで押し込みが家人を皆殺しにしたことを聞いた。

利助と綾次は、ともかく隼人に知らせねばと思い、田代屋には入らず、そのまま八丁堀へ駆けつけたという。

「途中、泡を食って伊勢町へむかう天野の旦那に会いやした」

利助が早口にしゃべった。

「そうか」

天野も驚き、屈辱を感じたにちがいない。事件の探索にあたっていた町方にすれば、その無能ぶりを嘲笑されたようなものである。

田代屋の前に人だかりがしていた。野次馬に混じって、岡っ引きや下っ引きの姿が数人見えた。島田屋のときより、手先は大勢集まっているようだった。

「どいてくんな」

利助が声を上げると、人垣が道をあけた。

隼人は一枚だけあいている戸口から、店舗のなかへ入った。薄暗い土間や帳場に、八丁堀同心や岡っ引きなどが十数人いた。店内は重苦しい雰囲気につつまれていた。どの顔にも、憤怒と屈辱の色がある。

台秤《だいばかり》や算盤《そろばん》の置かれた帳場机の脇に天野がいた。そばに、天野が使っている小者の与之《よの》助《すけ》の姿もあった。加瀬と北町奉行所の同心も来ていた。

「長月さん、やられました」

天野は隼人の顔を見ると、無念そうな顔をして言った。

「闇一味のようだな」

「はい、家族と奉公人が皆殺しです。土蔵も破られました」

「何人殺られた」

「七人です」

「七人か……!」

大勢だった。闇一味らしい残忍な手口である。

天野によると、主人夫婦と舅《しゅうと》、それに奉公人が四人だという。

「昨夜の風は、島田屋のときほどではなかった。物音を聞いた者や賊の姿を見かけた者がいるかもしれん。ともかく、近所で聞き込ませよう」

昨夜も風はあったが、それほどの強風ではなかった。それに、晩春の暖かい夜だった。

遅くまで飲んで、近くを通りかかった者がいるかもしれない。

「すぐ、当たらせますよ」

天野は近くにいた手先を集めた。すぐに、十人ほどの岡っ引きや下っ引きが集まり、天野の指示で店から飛び出していった。

隼人も、庄助、利助、綾次の三人を近所の聞き込みに当たらせた。

天野のそばを離れた隼人は、店内をまわって殺害された者たちの検屍をおこない、賊の侵入口や土蔵も検分した。

殺された七人のうち、三人が刀傷だった。ひとりは胴を斬られ、ふたりは斬首されていた。胴を斬られた男は、前腕も斬り落とされていた。籠手を斬られた後、胴を払い斬りにされたらしい。

下手人は島田屋で兇刃をふるった武士にちがいない。それに、三人となると偶然前腕を斬ったのでなく、やはり籠手斬りを得意とする者とみていいだろう。

侵入の手口は島田屋の場合と同じだった。短い梯子を使って板塀を乗り越え、裏口の引き戸を破って押し入ったのである。また、土蔵の錠前があけられていたことから、やはり腕のいい錠前破りがいるとみていいようだ。

一刻（二時間）ほど過ぎると、聞き込みにまわっていた岡っ引きが、ひとり、ふたりともどってきた。いずれも、冴えない顔をしていた。どの岡っ引きも疲れたような表情で目撃者がいなかったことを伝えた。

二刻（四時間）ほどして、利助と綾次も田代屋にもどってきたが、やはり無駄骨だったらしく、

「旦那、何も出てこねえ」

と利助が、困憊《こんぱい》した様子で言った。

だが、目撃者はいた。隼人たちが田代屋を出ようとしたころになってもどってきた孫八が、竹吉《たけきち》という手間賃稼ぎの大工を連れて来たのだ。

「旦那、竹吉が押し込み一味を見たらしいんで」

孫八が、得意そうな顔で加瀬に報告した。

そばに隼人もいたので、竹吉から直接話を聞くことにした。

「竹吉、話してみろ」

加瀬がうながした。

「へい……」

竹吉は、加瀬と隼人、それに何人かの岡っ引きにかこまれて怖気《おじけ》づいたらしく、消え入りそうな声で話しだした。

その夜、竹吉は小網町《こあみちょう》の飲み屋で遅くまで飲み、酩酊《めいてい》して日本橋川の土手にかがみ込んで酔いを覚ましていたという。

ふと、竹吉は足音を聞いて通りの先に目をやると、淡い月明りのなかに黒装束の集団が見えた。

……押し込みだ！

すぐに、竹吉は気付いた。

押し込み一味は、竹吉のいる方に小走りにやってくる。千両箱らしき物をかついだ者や腰に脇差を差している者もいた。

……見つかったら殺される！

と竹吉は思い、咄嗟に土手の叢《くさむら》のなかにつっ伏した。竹吉は恐ろしさに身を顫わせながら雑草をつかみ、土手の斜面をすべり落ちそうになるのに堪えていた。

賊は竹吉の目の前を通った。そして、一町ほど先へ行くと、短い石段を下りて日本橋川にかかる栈橋へ出た。

賊は栈橋に舫《もや》ってある二艘の猪牙舟に分乗し、日本橋川をくだっていった。

「賊は何人だ」

加瀬が訊いた。

「七人いやした」

竹吉は震えを帯びた声で言った。

……多勢だ。

と、隼人は思った。

闇一味は、久兵衛以下七人ということになる。

「竹吉、一味のなかに、二本差しはいなかったかい」

脇から、隼人が訊いた。

「いやした。大小を差した侍《さむれえ》がひとり」

竹吉は隼人の方に顔をむけて言った。

「どんな男だった」

「それが、黒布で顔を隠してやがったんで分からねえ」

「体付きは」

「大柄で、肩幅のひろいやつでしたが、ちらっと見ただけなもんで……」

竹吉は困惑したように顔をゆがめた。

「何か気のついたことはないか、着衣とか持ち物とか」

「へえ、身装《みなり》は、たしか黒羽織に袴姿で……。何も持っちゃァいなかったし。……腰の大小は黒鞘だったな」

竹吉は思い出しながら、つぶやいた。

「羽織袴か」

無頼牢人ではないかもしれない、と隼人は思った。貧乏御家人か、それとも小身の旗本に仕える若党のような軽格の家士か。いずれにしろ、賭場や繁華街などに巣くっている無頼漢ではないようだ。

それから加瀬が賊のことを細々と訊いたが、闇一味をたぐる手がかりになるような話は聞けなかった。

7

翌日、隼人は同心詰所で天野に会った。今後の探索について、歩調を合わせようと思ったのである。隼人は闇一味が七人もいることに驚くとともに、手下が多いことが探索の付け目ではないかと思った。

「どこにひそんでいるか分からねえが、手先が六人もいるのだ。何とかひとりぐれえ嗅ぎ出せるだろうよ」

隼人が言った。

六人のうちひとりは武士、もうひとりは佐吉らしいことは分かっていたが、ほかにも四人いる。四人のなかには、腕のいい錠前破りもいるはずだ。

「わたしも、そう思いますが……」

天野は浮かぬ顔をして首をひねった。なぜひとりも浮かんでこないのか、不思議なのだろう。

「すこし、手荒だが、何人かしょっ引いてたたいてみるか」

隼人が声を低くして言った。

「闇一味とつながりのありそうなやつがいますか」

「分からねえ。だが、久兵衛以下七人もいるんだ。江戸の悪党連中のなかには、一味とつながりのあるやつもいるはずだ。それに、よしんば何も出てこなくても、おれたちが何人か締め上げれば、一味も警戒してしばらくおとなしくしてるだろうよ」

闇一味にこれ以上、江戸の商家に押し込まれたら、奉行所の顔は丸潰れだし、お上のご威光にも疵《きず》がつく。隼人は、しばらく闇一味の跳梁を防ぐためにも町方が本腰を入れて探索していることを知らせる必要があると思ったのだ。

「分かりました。やりましょう」

天野も同意した。

その日から、隼人と天野は、入れ墨者、無宿人、博奕打ち、地まわり、掏摸《すり》など臑《すね》に疵を持つ連中をかたっぱしから番屋に引いて拷訊《ごうじん》をした。だが、なかなか闇一味につながるような情報は得られなかった。

隼人と天野が悪党連中を番屋に引くようになって三日目だった。隼人は、又六《またろく》という入れ墨者をつかまえた。又六は賭場の手入れのときに捕まり敲《たたき》だけですんだが、盗人の手先をしているという噂もあった。

隼人は又六をちかくの番屋に引いて話を聞いたが、のらりくらりとはぐらかしてまともに答えようとしないので南茅場町《みなみかやばちょう》の大番屋に連れていった。大番屋は調べ番屋とも呼ばれ、仮牢もあり科人《とがにん》を吟味するのに使われるが、かなり苛酷な取り調べもできるのだ。

土間に筵《むしろ》を敷いた上に又六を座らせ、

「又六、おれがなんて呼ばれてるか知ってるかい」

隼人は、そう切り出した。

「ヘッヘヘ……。八丁堀の鬼とか」

又六は首をすくめ、媚《こ》びるような嗤いを浮かべた。

「白《しら》を切る下手人は、どんな手を使っても口を割らせるからだよ」

「へえ……」

又六の顔に怯《おび》えたような表情が浮いた。相手が鬼と呼ばれている隼人で、しかも大番屋にまで連れてこられたのである。又六のような臑に疵を持つ者でなくとも、簡単な拷問《せめ》ではすまないと思うだろう。

「又六、おめえを牢送りにしようてえんじゃァねえ。もっとも、おめえが盗人一味なら別だがな」

「あっしは、盗人などしたことはねえ」

又六は強く首を振った。

「それなら、隠すことはあるまい。話しさえすりゃァ痛い目を見ずに、ここから出られるんだぜ」

「旦那、あっしは知ってることは、残らず話しましたぜ」

又六は哀訴するような目で隼人を見上げた。

「それなら、もう一度訊く。島田屋や田代屋に盗人が押し入ったことは知ってるな」

「へい」

「闇一味だということは」

隼人が質《ただ》すと、又六は目を伏せ身を顫わせていたが、

「闇一味など、聞いたこともねえんで」

と、首をすくめて小声で言った。

……こいつ、まだ話す気になってねえようだ。

と、隼人は察知した。

「又六、おれの拷問を受けてえようだな」

そう言うと、隼人は座敷から土間へ下り、手にした刀を抜いた。

又六は、ギョッとしたような顔をして、身を反らせた。まさか、いきなり刀を抜くとは思ってもみなかったのだろう。

「おれは、叩いたり吊したり、面倒なことはしねえ。……まず、耳だな」

そう言うと、隼人は刀身を耳朶《みみたぶ》の上に当てた。

ヒイッ、と喉のひき攣ったような声を洩らし、又六は背を反らせて身を硬直させた。顔が紙のように蒼ざめている。

「耳の次は鼻を削《そ》ぐ。次は手の指、それでも口をつぐんでいれば、足の指を斬り落とす。……体中斬り刻んでもだめなら、最後はおれの方であきらめて首を落とす。……そこまでやると、生かしておくわけにもいかなくなるんでな。手にあまったので、仕方なく斬ったことにするわけだ」

そう言って、隼人はゆっくりと刀身を下げた。

と、耳朶から鮮血がほとばしり出、頬と首筋を真っ赤に染めた。

「しゃ、しゃべる」

又六が、首をすくめて悲鳴のような声を上げた。

「初めからしゃべれば、馬鹿な真似はしなくてよかったんだ」

隼人は、刀身を懐紙でぬぐって鞘に納めた。

「もう一度訊くぜ。闇一味を知ってるな」

「で、ですが、闇一味の名を耳にしたことがあるだけで」

又六は声を震わせて言った。

「そうかい」

隼人はそれだけではないと読んだ。それだけなら何も痛い思いをしてまで、白を切ることはないのである。

「おめえ、闇一味の手先じゃァねえのか」

「ち、ちがう。おれは闇一味とは何のかかわりもねえ」

又六はむきになって言った。

「それじゃァ、隠すことはねえだろう。又六、おれが今度抜いたら、容赦はしねえぜ」

隼人が又六を睨みながら凄味《すごみ》のある声で言った。

「何も隠しちゃァいねえ」

又六は顔をゆがめて、泣きだしそうな顔をした。

「おめえ、口止めされてるな」

隼人がそう言うと、又六が、ビクッと身を顫わせた。図星だったようだ。

「久兵衛か」

「し、知らねえ。久兵衛などという男は知らねえ。……おれが知ってるのは、惣十《そうじゅう》だ」

そう言って、又六はがっくりと両肩を落とした。やっと、しゃべる気になったようである。

「惣十が闇一味だな」

「へえ、惣十とは賭場で知り合ったんで」

又六によると、惣十とは六年ほど前に賭場で知り合い、気心が合ったこともあって、いっしょに飲みまわったり、岡場所へ行ったりの遊び仲間だったという。

それが、半年ほど前からぴたりと賭場へは姿を見せなくなり、行方《ゆくえ》も分からなくなった。

ところが、三月ほど前に偶然柳橋を歩いている惣十に出会い、料理屋に誘われたという。

「惣十は、あっしに酒をごっそうしてくれやした。大金を持っていたので問い質してみると、酔った勢いもあって闇一味のことを口にしやした。そんとき、しゃべったらおめえの命はねえ、と惣十に脅されやしてね」

「うむ……」

闇一味は半年ほど前から押し込みを再び始めるつもりで、惣十に賭場への出入りを断たせたのであろう。

「それでどうした」

隼人が先をうながした。

「その後、闇一味が勢多屋、島田屋、田代屋に押し入って家の者を皆殺しにしたと噂を聞きやして、こいつはただの脅しじゃァねえ。おれがしゃべったことが知れれば、命はねえ、と思ったもんで」

「それで、白を切ったというわけか」

「へえ」

又六は首をすくめるように頭を下げた。

隼人はそれだけで、又六が口をつぐんでいたのではないと思った。又六は隼人に自分が博奕を打っていたことを知られたくなかったにちがいない。博奕も二度目となると、敲ぐらいではすまないからだ。

「惣十は何をしてた男だ。はじめから闇一味ではあるまい」

博奕のことはどうでもよかった。隼人が知りたいのは、闇一味のことである。

「錺職《かざりしょく》だったと言ってやした」

「そいつだな、錠前破りは」

隼人は声を大きくした。

「へい、惣十はいっしょに遊び歩いていたころ、おれにかかりゃァ錠前などかかってねえのと同じだと言ってやしたから」

どうやら、又六も惣十が錠前破りの腕をみこまれて闇一味にくわわったとみているようだ。

「錺職の惣十か」

やっと、闇一味の尻尾をつかんだ、と隼人は思った。惣十をたぐれば、仲間を割り出すことができそうである。

「惣十の塒は」

「知りやせん。……嘘じゃァねえ。遊び歩いてるころは、本所荒井町の長屋にいやしたが、いまはどこにいるかわからねえ」

「惣十だが、博奕は好きなのか」

博奕好きなら、かならず賭場へ顔を出すだろう。

「このところ、まったく行ってねえようです。柳橋で飲んだとき、ほとぼりがさめるまでは、博奕も女も我慢すると言ってやしたから」

「…………」

それで、賭場や岡場所を洗っても惣十が浮かんでこなかったらしい。

「佐吉という男のことは、口にしてなかったか」

「いえ、まったく」

又六は怪訝《けげん》な顔をした。

「久兵衛のことは」

「仲間のことは、いっさい口にしやせん」

又六がはっきりと言った。

それから、隼人は惣十の立ち寄りそうなところや女のことなども訊いたが、探索に役立つような話は聞けなかった。

「又六、博奕からは足を洗いな。今度は、遠島ぐれえ食らうぜ」

隼人は、又六を脅しつけてから解放した。

隼人は天野にも惣十のことを伝え、念のため手先を動員して荒井町の長屋を虱潰しに当たった。錺職の惣十と分かっていれば、住んでいた長屋は探し出せるだろうと踏んだのである。

だが、惣十の行方は知れなかった。

惣十探索の糸は、荒井町の長屋でぷっつりと切れてしまったのだ。

「長月さん、また振り出しにもどりましたね」

そう言って、天野は肩を落とした。

「闇一味とはよくいったぜ。江戸の闇のなかに隠れちまって、出てこねえ」

隼人が吐き捨てるように言った。

第三章　尻尾

1

晴天である。山谷堀の先には田圃《たんぼ》がひろがり、早苗《さなえ》が風にそよいでいた。畦道《あぜみち》には野花が咲き、どこかで雲雀《ひばり》の鳴き声がする。のどかな初夏の景色である。

利助と綾次は日本堤の路傍にいた。土手際の叢《くさむら》に腰を下ろし、ちかくの床店《とこみせ》で買ってきた団子を食っていた。

まだ、陽は西にまわったばかりだが、吉原につづく日本堤にはちらほらと人影があった。昼見世目当ての遊客である。

「与吉のやつ、来ますかねえ」

団子を食い終えた綾次が竹筒の水を飲みながら言った。

ふたりは、田代屋に闇一味が押し込んだ後、しばらく隼人の指図で賭場や岡場所をまわって聞き込んでいたが、惣十の手がかりがつかめなくなってから、また日本堤に来て与吉と名乗る男があらわれるのを待っていたのである。

「言ったろう、岡っ引きは辛抱が肝心だって」

利助が兄貴ぶって言った。

このところ、ふたりはどこへ行くにもいっしょだった。ときおり、利助が親分風を吹かせて高飛車に出ることもあったが、端から見ると兄弟のように見えた。綾次は両親を殺されて孤独だったし、利助も兄弟がなかったので、お互い兄弟のような相手を求め合う気持があったのかもしれない。

「八吉親分は岡っ引きが長かったんですってね」

綾次が訊いた。

「そうよ、長月の旦那の先代からお仕えしたんだ。江戸はひろいが、八吉親分みてえな腕のいい岡っ引きはいなかったんだぜ」

そう言って、利助は顎を突き出して得意そうな顔をした。

「あっしは、闇一味をお縄にして、おとっつァんとおっかさんの敵を討ったら、長月さまにお仕えしてえな」

綾次は蒼穹《そうきゅう》を見上げて言った。

「それには辛抱が肝心なのよ」

そう言ったとき、利助の顔に、ハッとした表情が浮いた。

「おい、やつじゃァねえか!」

利助が目を剝いた。

半町ほど先に、遊び人ふうの男がこっちへ歩いてくる。瘦身《そうしん》で敏捷そうである。遠目にも、細面《ほそおもて》で顎のとがった感じがした。

「あ、あいつだ!」

綾次が、喉のつまったような声で言った。

「隠れろ」

利助は路傍の叢《くさむら》をつたい、葦簀《さく》張りの水茶屋の脇に身を隠した。綾次も慌てて利助の尻の方にまわり込んだ。

与吉はふたりには気付かず、大門の方に足早に歩いていく。

「昼見世で遊ぶつもりだな」

利助が与吉の背を見つめながら言った。

吉原の昼見世は、九ツ(正午)から、七ツ(午後四時)までである。与吉はその時間帯に栄屋に登楼するつもりなのだろう。

「綾次、尾けるぜ」

「へい」

　ふたりは、すぐに通りへ出た。

　半町ほど間を置いて、与吉の跡を尾けていく。

　尾行は楽だった。吉原へむかう客が歩いていたし、駕籠も通る。人や駕籠の後ろについて歩いていけば、振り返っても気付かれないだろう。

　与吉は大門を通り抜け、茶屋の並ぶ仲の町をまっすぐ進み、角町を左手にまがった。

「やっぱり、栄屋だ」

　利助が小声で言った。

　与吉は栄屋の前で立ち止まり、警戒するように左右に目をやってから暖簾をくぐった。

「兄い、どうしやす。やろう、入《へえ》っていきやしたぜ」

「まず、七ツまでは出てこねえな」

「待ちやすか」

「今度は、おれもやつが出てくるまでいるぜ」

　そう言って、利助は左右に目をやった。

　通りは半籬や惣籬の妓楼が軒を連ねていて、長時間見張れるような場所はなかった。妓楼のそばにでも張り付いていたら、店の男衆に見咎《みとが》められるだろう。

「しょうがねえ、素見のふりをして、ぶらぶらしてるか」

そう言って、利助が通りを歩きだした。綾次は肩を並べるようにして歩いた。

それからしばらく、ふたりは角町の通りを行ったり来たり、店の者に怪しまれないよう、ときには、仲の町の方へも足を延ばしたりした。

そうやって一刻（二時間）ほど、ふたりは歩いたり休んだりしながら栄屋に目をくばっていた。そして、ゆっくりとした歩調で角町の通りを歩いているとき、与吉が栄屋から出てきた。

「兄い、やつだ！」

綾次が声を殺して言った。

「分かってるよ。すこし、間を置いて尾けるんだ」

利助が目をひからせて言った。

与吉は遊客の間を縫うようにして仲の町の通りへむかった。そして、仲の町の通りから大門をくぐり、右手に見返り柳を見ながら衣紋坂《えもんざか》を上がっていく。

与吉は日本堤へ出ると、足早に浅草の方へむかって歩いた。日本堤は吉原へむかう客でにぎわい始めている。

「綾次、ふたりで尾けたらあやしまれる。しばらく、おめえはおれを尾けろ」

「へい」

すぐに、綾次は足を弱め、利助の半町ほど後ろへ下がった。

ふたりで尾けると、気付かれやすい。それに、しばらく利助が与吉を尾けてから綾次と入れ替われば、与吉が振り返って目にとめても、ちがう顔なので不審を抱《いだ》かれないはずである。そうやって、ふたりは交互に与吉の後ろについて尾行をつづけた。

与吉は千住街道を浅草御門の方へむかい、店者や船頭、米俵を積んだ大八車などでにぎわう浅草御蔵の前を過ぎた。そして、茅町《かやちょう》二丁目を右手にまがり、町家のつづく通りへ入っていった。

与吉がまがったのを見て、利助が慌てて走り出した。ここで、見失ってはいままで苦労した甲斐《かい》がない。利助の後にいた綾次も走り出した。

……いた！

与吉は半町ほど前を足早に歩いていた。

通りへ入ってしばらく歩き、福井町に入ると、与吉は小間物屋の角を右手にまがった。

そこは長屋の路地木戸だった。与吉は長屋に入っていったのである。

利助が小間物屋の角に立っていると、後ろから綾次が駆け寄ってきた。

「綾次、やつの塒《ねぐら》はここだぜ」

利助が目をひからせて言った。

「あっしが見失った平右衛門町からも遠くないですよ」

綾次も目を剝いてうなずいた。

それからふたりは近くの表店で話を聞き、勘兵衛店《かんべえだな》とよばれる棟割り長屋であることや、そこに与吉と名乗っている独り暮らしの男が住んでいることなどをつかんだ。

2

「与吉の塒が分かったのか」

隼人は思わず声を大きくした。

「まちがいありやせん」

利助が、吉原から与吉を尾けた様子をかいつまんで話した。

「よくやった」

隼人が利助と綾次を褒めると、ふたりは顔を見合わせて嬉しそうな顔をした。やっと、辛抱がむくわれたのである。

「よし、与吉を捕《と》ろう」

隼人が声を強くして言った。

与吉を泳がせて探る手もあるが、闇一味が気付けば、与吉をすぐに消すだろう。それより、与吉の身柄をおさえて口を割らせる方が確実だと隼人は思った。

隼人は奉行所へ出仕するつもりで組屋敷を出たところだったが、すぐに屋敷にもどり牢人体に着替えた。そして、庄助、利助、綾次の三人を連れて福井町へむかった。

「旦那、あれが勘兵衛長屋の路地木戸で」

小間物屋のそばまで来ると、足をとめて利助が指差した。

「まず、与吉がいるかどうか確かめたいが」

まだ、四ッ（午前十時）ごろだった。与吉が働いてるのなら別だが、そうでなければ長屋にいるはずである。

「あっしが、ちょいと覗いてきやすよ」

そう言うと、利助は跳ねるような足取りで路地木戸へむかった。威勢はいいが、何となく軽薄な感じがする。

……おい、どじを踏むなよ。

隼人は、胸の内でつぶやいた。八吉にくらべると、まだ安心してまかせられない。経験不足なのである。

それでも、ここは利助にまかせるしかないと思い、隼人は庄助と綾次を連れて、小間物屋の先にある仕舞屋《しもたや》の板塀の陰へ身を隠した。

小半刻（三十分）ほどすると、路地木戸から利助が出てきた。

「旦那、与吉は長屋にいやした」

利助が意気込んで言った。

「いたか」

「へい、それに昼ごろになると、ちかくの一膳めし屋にめしを食いに出ることが多いそうで」

利助は、井戸端にいた女房連中からそれとなく与吉のことを聞き出したのだという。

「それなら、出てきたところを押さえよう」

どうやら杞憂《きゆう》だったらしい。利助は抜け目なく与吉のことを探ってきたようだ。

隼人たち四人は、板塀の陰に身を隠したまま与吉が出てくるのを待った。

それから半刻（一時間）ほどしたとき、路地木戸から与吉らしい男が出てきた。弁慶格《べんけいごう》子《し》の着物を着流し、雪駄履きである。

「あいつだ！」

綾次が声を殺して言った。

与吉は雪駄の音をチャラチャラさせながら隼人たちの方へ近付いてきた。

「おめえたちは、やつの後ろへまわれ」

そう言い置いて、隼人は板塀の陰から通りへ出た。

与吉は隼人のすぐ目の前まで来ていた。与吉は隼人の姿を見ると、ギョッとしたように身を硬くして立ちどまった。

スッ、と隼人は与吉に身を寄せた。いつの間にか抜き身の小刀を手にしている。隼人は与吉に反転する間も与えなかった。

「動くな。ブスリといくぜ」

隼人は与吉の腹に切っ先をつけた。

その間に、ばらばらと駆け寄った利助たち三人が与吉のまわりを取りかこんだ。

「な、なんだ！　おめえたちは」

与吉は目をつり上げ、声を震わせた。隼人が牢人体だったため、町方とは思わなかったのかもしれない。

「ちと、話があるんだ。顔を貸してくれ」

隼人がそう言うと、利助が与吉の両腕を後ろにまわして手早く縄をかけた。

その手際の良さをみて、与吉は町方と気付いたらしく顔色を変えた。

「おれは、お上に世話をかけるようなことはしちゃァいねえ」

与吉は声をつまらせて言った。

「ともかく、話を聞かせてくんな」

そう言うと、隼人は小刀を鞘に納めた。

隼人と利助が与吉の両側で腕をつかみ、前後に庄助と綾次が立った。隼人たちは人目につかぬよう裏通りや新道をたどって、南茅場町の大番屋へ与吉を連れていった。

土間に筵を敷いて与吉を座らせ、その前に隼人が立った。庄助は八丁堀へ帰し、利助と綾次をそばに置いた。隼人は、ふたりに詮議《せんぎ》の様子を見せようと思ったのである。

「佐吉だな」

隼人が低い声で聞いた。

「い、いえ、てまえは与吉で」

与吉は上目遣いに隼人を見ながら言った。目付きの鋭い狡猾《こうかつ》そうな顔をしていた。その双眸には、隼人の胸の内を探るような色がある。

「おめえが佐吉であることは分かっている。……ところで、佐吉、おれを知ってるかい」

そう言ったが、隼人はまだ与吉を佐吉と断定できなかった。

「八丁堀の旦那としか」

与吉の口元にかすかな嗤いが浮いた。

「長月だが、八丁堀の鬼といやァ分かりがいいかな」

「………！」

一瞬、与吉の顔にハッとしたような表情が浮いたが、すぐに消え、狡猾そうな表情にもどった。

「おめえ、闇久兵衛を知ってるな」

隼人が低い声で訊いた。

「さァ、あっしには、だれのことだか……」

分からない、というふうに、与吉が首を横に振った。その顔に動揺の色はなかった。

……こいつ、簡単には落ちねえな。

隼人は、与吉を自白させるのは容易でないと察知した。

性根の据わっている悪党のようである。それに、自分が闇一味だと知れれば、獄門晒首《ごくもんさらしくび》である。又六のように、簡単には口を割らないだろう。

与吉に脅しは利かないし、尋常な拷問では吐かないだろうと、隼人は思った。

「話さねば、痛い目をみることになるぞ」

「旦那、あっしはお上の世話になるようなことは何もしちゃァいません。どうか、縄を解いておくんなせえ」

与吉は訴えるような口調で言った。

「おめえが、闇一味だということは分かってるんだ」

「そいつは、濡れ衣《ぎぬ》ってもんですよ」

与吉は眉を寄せて泣きだしそうな表情を浮かべたが、その目には、隼人の心底を窺《うかが》うようなひかりがあった。

3

「いま、しゃべりたくなるようにしてやるよ」

そう言うと、隼人はふところから財布を取り出し、三寸ほどもある長い畳針を取り出した。隼人が強情な下手人の口を割らせたいときに使う、特別な拷問具だった。

その畳針を見て、与吉の顔色が変わった。並の拷問ではないと、察知したのであろう。

「こいつをな、爪の間から刺す。痛《いて》えぞ……。まず、足の指からやり、次は手だ。それでもしゃべる気にならなかったら、おめえの一物に刺す。もっとも、一物まで白を切ったやつはいねえがな」

隼人は底びかりする目で与吉を見すえていた。隼人の顔からふだんの物憂いような表情が消え、酷薄で凄味のある面貌《おもて》に豹変していた。

「これならな、どんなに痛めつけても痕《あと》は残らねえ。おめえが、どこまで我慢できるか、試してやらァ」

隼人は利助に目をやって、猿轡《さるぐつわ》をかませろ、と指示した。

すぐに、利助が与吉に猿轡をかませ、与吉の両足を前に出させた。

「しゃべりたくなったら、首を縦にふりな。利助、綾次、ふたりで肩を押さえろ」

「へい」

と利助が答え、綾次とふたりで与吉の両肩を押さえた。

与吉は目尻が裂けるほど目を剝き、首を横にふった。その顔に恐怖の色があったが、まだしゃべる気にはならないらしい。

隼人は与吉の右の足首を押さえ、親指の爪の間に針先を当てた。

「いくぜ」

隼人は、ゆっくりと与吉の爪の間に針を刺し込んだ。

与吉は海老《えび》のように上体をのけ反らせ、猿轡の間から低い呻き声を洩らしながら狂ったように首をふりまわした。顔が蒼白になり、白目を剝いている。脳天へ突き上げるような激痛が、与吉の全身を貫いたにちがいない。

「強情だな。今度は、すこし深くまで刺すぜ」

隼人は別の指に針を刺し込んだ。

与吉はさっきより激しく首をふりまわし、臓腑を吐き出すような呻き声を洩らした。首を激しくふったため、元結《もとゆい》が切れてざんばら髪になった。白目を剝き、髪をふり乱して激痛に耐えている。凄絶な姿である。

そのとき、綾次が与吉の肩を押さえながら、

「さァ、話せ、話すんだ!」

と、ひき攣《つ》ったような声を上げた。目を剝き、与吉を睨みつけている。綾次の顔も異様だった。ただ、拷問の残酷さに動転しているのではないらしい。凄《すさ》まじい拷問を見て、両親が殺されたときのことを思い出したのかもしれない。両親を殺された綾次の怨念《おんねん》が、与吉にむけられたのであろう。

隼人が針を抜くと、与吉は上体を反らせながら荒い息を洩らした。蒼ざめた顔に脂汗が浮いている。

「まだ、話す気にはならねえか。今度は、手だな」

隼人は与吉の後ろにまわり、後ろ手に縛られている与吉の親指をつかみ、ゆっくりと針を刺し込んだ。

与吉は喉の裂けるような呻き声を洩らし、首がちぎれんばかりに激しく振りまわした。

利助と綾次が必死で肩を押さえている。

そのときふいに、与吉の首ががっくりと前にかしぎ、全身から力が抜けた。失神したようである。

「水をぶっかけろ！」

隼人が声をかけた。

「へ、へい」

利助が裏手へ行って、手桶に水を汲《く》んできた。

その水を与吉の頭からぶっかけた。

ビクン、と身震いし、与吉が目を覚ました。顔が土気色《つちけいろ》をし、隼人を見た目が恐怖にひき攣っていた。与吉はその場から逃れでもするように身を縮め、瘧慄《おこりぶる》いのように激しく身を顫《ふる》わせた。

「どうだい、話す気になったかい」

隼人が与吉の目を覗くように見て訊いた。

与吉は恐怖に身を顫わせながらも、首を横にふった。まだ、しゃべるつもりはないようだ。

「そうかい、だがな、おれの拷問《せめ》はこれからだぜ」

隼人は凄味のある声でそう言うと、針を取り出して手の指の爪の間に刺し込んだ。

二本目で、与吉はまた気を失った。すかさず、利助が与吉の頭に水をかけて覚醒させる。

与吉はなかなか首を縦にふらなかった。そのうち、与吉の目が虚《うつ》ろになってきた。意識が朦朧《もうろう》としてきたようである。

それでも、隼人は残った指に針を刺し込んだ。意識が朦朧としながらも、与吉は激痛に顔をゆがめ首をふりまわした。

そのとき、ふいに綾次が与吉の肩を激しく振りながら、

「やい、佐吉、おれはおめえたちが押し入った小松屋の倅の綾次だ。知らねえとはいわせねえ。おれは、布団のなかでおとっつァんとおっかさんが、おめえたちに斬り殺されるのを目の前で見てたんだ。……ひとりは久兵衛だ。もうひとりはおめえだろう」

と、必死の形相で叫んだ。

その声に、与吉の黒目が綾次の方にむけられた。意識が覚醒して、その目に驚怖の色が浮いたように見えた。そして、何か言おうとしたらしく、口が動いた。

「利助、猿轡を取れ」

隼人が言った。

すばやく、利助が猿轡を取った。

「……お、おれじゃァねえ。殺《や》ったのは黒犬《くろいぬ》の兄いだ」

とつぶやき、がっくりと肩を落とした。

土気色をした顔に濡れた髪が張り付き、激しくもがいたために口の端が切れて、血が流れていた。悽愴《せいそう》な顔である。

「まず、はっきりさせておきてえ。おめえは、佐吉だな」

隼人が質すと、与吉はうなずいた。やはり、与吉が佐吉だったのである。

「それで、佐吉、黒犬というのはだれでえ」

隼人が声をあらためて訊いた。

「な、名は、仙蔵《せんぞう》。……久兵衛親分の片腕だ」

佐吉はうなだれたまま小声で言った。

「そうか」

綾次の両親を斬殺したのは、久兵衛とその片腕の仙蔵ということになる。

「ところで、久兵衛の宿はどこだ」

隼人の最も知りたいことだった。

「わ、分からねえ」

「おめえ、話す気になったんじゃァねえのか」

隼人が低い声で言った。

「白を切ってるわけじゃァねえ。おれは本当に知らねえんだ。……知っているのは万次郎《まんじろう》だけで、仲間うちでは居所を隠してるんだよ」

佐吉は顔を上げ、声を震わせて言った。

佐吉によると、万次郎という一味のつなぎ役から連絡があると、飲み屋や料理屋に集まって盗みに入る手筈《てはず》を久兵衛から聞くという。そして、狙った店に押し入って金を奪うと、その夜のうちに分け前を渡され、その場で別れるのだそうだ。

……用心深いやつだな。

どうやら、久兵衛は仲間が捕らえられても、町方にたぐられないよう、仲間うちでもお互いの正体や隠れ家を秘匿《ひとく》しているようだ。

「それで、一味が集まる店は」

隼人は店からたぐれるかもしれないと思った。

「そのときによってちがう」

佐吉は、いくつかの店の名と場所を口にした。

店からも探れないようだった。久兵衛は、用心してその都度《つど》店を変えているらしい。

「久兵衛はどんな男だ」

隼人は何か糸口が欲しかった。

「ふだんは、商い屋の旦那ふうの格好をしていやす」

四十がらみで、小柄な男だという。

「何の商売をしてる？」

世間の目をあざむくため、表向き商売をしているのではないか、と隼人は思った。

「分からねえ……」

「何か思い出せ」

隼人が語気を強くした。

「……万次郎が、親分とこの酒は旨《うめ》え、と口をすべらせたことがありやすんで、飲み屋か料理屋かもしれねえ」

「うむ……」

隼人は、おそらくそうだろうと思った。江戸中の飲み屋や料理屋を当たるわけにはいかないが、久兵衛をたぐる糸口にはなる。

「一味に、武士がひとりいるな」

隼人は別のことを訊いた。

「へえ」

「分かりやせん。仲間うちじゃァ、師匠と呼んでやした」

「名は」

「師匠だと」

剣術を指南する立場の者か……。そうかもしれない、と隼人は思った。一味にくわわっている武士は剣の腕がたち、羽織袴姿だった。それに、賭場や繁華街に巣くう無頼牢人を洗ってもそれらしい人物は出てこなかったのだ。そうしたことから推《お》しても、町道場の主か、師範代格の門弟である可能性が高いのではないか。

……そいつを洗い出すのはおれの仕事だな。

と、隼人は胸の内でつぶやいた。

それから、隼人は闇一味六人のことを口にした。頭目の久兵衛、師匠と呼ばれる武士、黒犬の仙蔵、つなぎ役の万次郎、錠前破りの惣十、それに佐吉である。

「もうひとりはだれでえ」

隼人は声をあらためて訊いた。

「鳶《とび》の銀助《ぎんすけ》で」

佐吉によると、銀助は身軽で若いころ鳶だったことから仲間内では鳶の銀助と呼ばれていたそうである。

「ところで、ここにいる綾次の両親を斬ったのは仙蔵だと言ったな」

「へい、親分と仙蔵の兄いで……。あ、あっしは、人殺しをしたことはねえ」

佐吉は喉をつまらせて言った。

押し入ったときの殺しは、武士、久兵衛、仙蔵、銀助の四人でやったという。

「おめえの役割は何でえ」

「若えころ植木屋だったもんで、押し入る場所を下見しておき、梯子を用意しやした」

「そうか」

どうやら、闇一味七人はそれぞれ役割が決まっていたようである。

それから、隼人は久兵衛たち六人の隠れ家や行きつけの店など訊いたが、それ以上探索に役立つようなことは佐吉も知らないようだった。

隼人はかたわらに立っている綾次の肩をたたき、

「綾次、佐吉を落としたのは、おめえだぜ。てえしたもんだよ」

そう言って、座敷に上がった。ひどく疲れていたので、すこし休むつもりだった。

「…………」

綾次は虚空を睨むように見すえていたが、隼人に肩をたたかれ、急に顔をしかめて泣きだしそうな表情を浮かべた。

4

その夜、隼人は八丁堀にある天野の屋敷を訪れた。翌日、南町奉行所へ出仕してから話してもよかったのだが、一日でも早く久兵衛たちを洗い出すための手を打とうと思ったのである。

隼人が天野の家の木戸門をくぐったのは、六ッ半（午後七時）ごろだった。すでに、天野は夕餉をすませてくつろいでいた。

隼人が夕餉をすませてきたというと、天野は居間に招じ入れながら、

「長月さん、一杯やりますか」

と、左手で杯を取る真似をした。

「いや、今夜は闇一味のことできたのだ」

隼人は、声をひそめて言った。

そのとき、障子があき、天野の父親の欽右衛門《きんえもん》が顔を出した。隠居の身だが、長く南町奉行所の同心をしており、隼人とも顔馴染みだった。

「長月どの、闇一味のことであろう」

欽右衛門は隼人の脇に座り込み、目をひからせて言った。

欽右衛門は話し好きだった。それに、長く奉行所の同心をしていただけに、隼人の来訪目的を察知したようである。

「まァ、いろいろと……」

隼人は言葉を濁し、苦笑いを浮かべた。

そうしているところへ、弟の金之丞《きんのじょう》が姿を見せた。この男は、隼人が身につけた直心影流の道場に通っており、隼人の顔を見ると、剣術の話をしたがる。

ふたりの出現に隼人が辟易していると、もうひとりあらわれた。母親の貞江《さだえ》である。

貞江も、ふたりの男に負けぬ話し好きだった。貞江は持参した湯飲みを隼人の膝先に置くと、さっそく、天野が二十七にもなるのに、いまだに独り者だとか、孫の顔を見たいので、隼人からも早く嫁をもらうように言ってくれ、などとしゃべり出した。

隼人は困惑しながらも、三人が話しかけるのに応じていたが、そのうち天野がしびれを切らせ、

「長月どのは、内密の話があってみえられたのだ。遠慮してくれ」

そう言って、三人を座敷から追い出した。

「まったく、うちの連中は遠慮ということを知らぬ」

天野は憮然とした顔をして言った。

「いい家族ではないか」

隼人は、三人ともすこしおしゃべりだが、人がよく家族思いであることを知っていた。

「ところで、闇一味のこととは」

天野が声をあらためて訊いた。

「一味のひとりを押さえたよ」

隼人は、佐吉を捕らえ、拷問して吐かせたことを話した。

黙って隼人の話を聞いていた天野は、

「やりましたね、長月さん！」

声をはずませてそう言って、隼人に畏敬《いけい》の目をむけた。

「だが、久兵衛以下一味を捕らえるのは、これからだ。それに、早くしないと、佐吉が捕らえられたことを知り、江戸から逃走しないともかぎらん」

「そうですね」

「まず、頭目の久兵衛の所在をつきとめよう」

久兵衛は四十がらみで小柄、飲み屋か料理屋をやってるらしいことを話し、

「手先を動員して、酒を売る店を洗ってくれ」

と、頼んだ。

「分かりました。それで、長月さんは」

天野が訊いた。

「おれは、一味の武士を洗うつもりだ」

隼人は明日から、小野派一刀流の道場や自邸で門人に教授している者などを当たってみるつもりだった。

「何とか、一味を捕らえられそうですね」

天野は目をかがやかせた。

「ゆだんするな。闇一味はただの盗人じゃァねえ。人殺しなど何とも思っちゃァいねえやつらだ」

隼人は虚空を見つめてつぶやいた。

それから、隼人は小半刻（三十分）ほど、闇一味の他の仲間のことを話してから腰を上げた。

翌日、隼人は奉行所には出仕せず、本所石原町にむかった。野上からあらためて小野派一刀流の道場のことを訊いてみようと思ったのである。

野上は道場にいた。稽古前らしく他の門弟の姿はなかった。清国も、まだ姿を見せていなかった。

「どうした、朝から」

道場で木刀の素振りをしていた野上は、首筋の汗を手の甲でぬぐいながら、戸口へ出てきた。

「野上どのに、お訊きしたいことがありましてね」

隼人がそう言うと、野上は、

「また、捕物の話か。ともかく、上がれ」

そう言って、苦笑いを浮かべた。

道場の床に対座すると、

「江戸にある小野派一刀流の道場のことをお訊きしたいのです」

野上は長く町道場をしていたこともあって、直心影流だけでなく江戸の剣壇のことは明るかった。

「例の夜盗か」

「はい、やはり小野派一刀流の遣い手が一味にくわわっているようなのです」

隼人は、大柄で肩幅のひろい男らしいことを言い添えた。

「それだけでは分からんな。おれも、大柄だ」

「道場を教えていただければ、わたしが当たってみますが」

曖昧《あいまい》な手がかりだけで、野上を同行するわけにはいかなかった。

「そうか。だが、道場から割り出すのはむずかしいぞ」

野上は顔をくもらせた。

「なぜです」

「多すぎる。江戸に小野派一刀流を標榜《ひょうぼう》する町道場はないと思うが、一刀流はすべて小野派一刀流の支流とみていいのだ」

野上によると、一刀流の流祖である伊藤一刀斎《いとういっとうさい》の弟子、小野次郎右衛門忠明《ただあき》が徳川秀忠《ひでただ》の兵法指南役となってから、一刀流は隆盛をみた。その後、忠明の子小野次郎右衛門忠常《ただつね》が小野派一刀流を名乗り、忠常の門人がひろく同流を伝えたのだという。

さらに小野派一刀流はさまざまな支流を生み、今日江戸で隆盛を見ている中西派《なかにしは》一刀流、北辰《ほくしん》一刀流も小野派一刀流の流れをくむ一派といえるという。

「いまは、竹刀《しない》と防具を用いての試合稽古が主流だが、道場によっては鬼籠手を使って組太刀の稽古もおこなわれていよう。それに、小野派一刀流は津軽にも伝わっており、津軽より江戸に出府している者も、籠手斬りの技を遣うかもしれん」

「ともかく、道場を教えていただきたいのですが」

隼人は、中西道場や北辰一刀流の玄武館《げんぶかん》のような大道場でなく、門人のすくないちいさな町道場であろうと思い、そのことを野上に言い添えた。

「そうだな、下谷長者町の柳原《やなぎはら》道場、神田小泉町の土屋《つちや》道場。それに、小石川にある永井《ながい》道場かな」

野上によると、いずれも中西道場で学んだ高弟がひらいた道場だという。

「他に、つぶれた道場はありませんか」

隼人は、隆盛している道場ではないような気がした。門人が多く道場経営が成り立っているような道場主が、夜盗一味にくわわり、人殺しをつづけているとは思えなかったのである。

「そうだな、四ッ谷麹《こうじ》町に村越半五郎《むらこしはんごろう》のひらいた道場があったが、いまはやっていないはずだ。それに、京橋西紺屋町にも岩井重次郎《いわいじゅうじろう》の道場があったな。岩井道場はいまもひらいているはずだが、門人はすくないと聞いている」

野上は、いずれも遣い手だが、評判はよくない、と言い足した。

「かたじけのうございます」

隼人は礼を言って、腰を上げた。門人が集まり、稽古が始まる前に道場を出ようと思ったのである。

「長月、ゆだんするなよ。籠手斬りはかわしづらい」

野上が戸口まで送ってきながら言った。隼人が、闇一味の武士と立ち合うことになるかもしれないと思っているのだ。

「心してかかります」

そう言い残して、隼人は道場を後にした。

5

隼人は三日かけて、長者町の柳原道場、小泉町の土屋道場、小石川の永井道場をまわり、門弟や道場近くの住人から話を聞いてみたが、該当するような人物は出てこなかった。ただ、大柄で肩幅のひろい男というだけでは限定しづらく、すくなくとも道場主と師範代はちがうようだと分かっただけである。

それぞれの道場の高弟のなかには、私的に旗本や御家人の屋敷でその子弟に指南している者もいるらしいので、さらに調べる必要はありそうだ。

その日、隼人は御家人のような羽織袴姿で、四ッ谷麹町に行ってみた。いくつかの表店で、村越道場のことを訊いたが分からず、通りかかった竹刀袋を手にした若侍に訊いて、やっと分かった。

「三年ほど前に、つぶれたと聞いてますよ」

若侍はそう言って、口元に揶揄《やゆ》するような嗤いを浮かべた。

「ともかく、道場がどこにあるか教えてくれ」

隼人が頼むと、若侍はこころよく教えてくれた。

村越道場は表通りにある白木屋《しろきや》という呉服屋の前の路地を入った突き当たりにあると聞いて、隼人はそこに行ってみた。

道場というより、古い商家のような家屋だった。窓があいていたので脇から覗くと、床が道場らしい板張りになっていた。ただ、だいぶ稽古はしていないらしく白く埃《ほこり》が積もり、所々床板が落ちている。裏手に住居らしい家もあったが、ひっそりとして人のいる気配はなかった。

隼人はすぐにその場を離れ、近所の裏店で道場の様子を訊いてみた。

やはり、道場は三年ほど前につぶれ、いまは道場主夫婦が裏手の家で暮らしているだけだという。裏手の家に、人のいるような気配はなかったが、夫婦はいたのかもしれない。

「なぜ、つぶれたのだ」

隼人は八百屋の親父に訊いてみた。

「病《やまい》ですよ。村越さまが病で倒れられ、寝たきりで」

親父は憐憫《れんびん》の情がわいたのか、眉宇《びう》を寄せて言った。

「どうやって、暮らしを立てているのだ」

「ご新造さんの家からの合力で細々と」

親父によると、村越の妻の家が小旗本で、いくらかの合力があるのだという。

隼人はそれ以上訊かず、八百屋を出た。

……村越ではない。

と、確信したのである。病で倒れた者が、盗人一味にくわわり商家に押し入って斬殺の剣をふるうはずはないのだ。

隼人は麹町からの帰りに、京橋の西紺屋町に寄ってみることにした。岩井道場もすぐに分かった。

道場は町家のつづく通りの一角にあった。それほど大きくなかったが、板壁には武者窓があり、町道場らしい雰囲気のある建物だった。道場内に人のいる気配はなかった。

近所の米屋で訊くと、ときどき道場内から気合や木刀を打ち合う音が聞こえるので稽古はしているらしいという。

「おれのむかしの師匠かもしれんので訊くが、道場主は大柄で肩幅のひろい方か」

隼人は訊いてみた。

「いえ、中背でほっそりとした方ですよ」

米屋の主人は、訝しそうな目を隼人にむけた。隼人の問いに、何か不審を抱いたのかもしれない。

「歳はおいくつぐらいだ」

かまわず、隼人は訊いた。

「もう還暦ちかい方でしてね。道場に出ても、座って見てるだけだとか。……稽古をつけるのはもっぱら師範代だそうですよ」

「その師範代の名は」

「三島《みしま》藤十郎《とうじゅうろう》さまです」

「三島の体付きは」

隼人はたたみかけるように訊いた。

「大柄でがっちりした方ですよ」

主人はそう言うと、奥にもどりたいような素振りを見せた。いつまでも、素性の知れない男としゃべっていたくないと思ったようだ。

隼人は米屋を出た。体付きが似ているだけでは、何とも言えなかったが、ともかく三島という男を見てみたい、と隼人は思った。

陽は家並のむこうに落ち、家の軒下や物陰に淡い夕闇が忍んできていた。そろそろ暮れ六ッ（午後六時）である。

……明日にするか。

隼人は、出直そうと思った。

京橋を渡り、八丁堀川沿いの道を八丁堀にむかって歩いているとき、隼人は背後から歩いてくる三人の男に気付いた。いずれも、牢人体だった。月代《さかやき》や無精髭が伸び、着古した小袖に袴姿で、一見して無頼牢人と分かる男たちだった。

……狙いは、おれか！

三人の身辺に殺気がただよっている。

三人は足を速めたらしく、しだいに隼人との間が迫ってきた。隼人はそれとなく振り返って見たが、覚えのある者たちはいなかった。

八丁堀川沿いの道は暮色に染まり、人影はなかった。左手はまばらに町家があったが、どの家も表戸をしめている。

右手は八丁堀川の土手で、葦《あし》や芒《すすき》が茂っていた。足元から川の流れの音が、さらさらと聞こえてくる。

三人は五、六間《けん》ほどに迫ると、急に駆け出した。そして隼人の前にまわり込み、三方から取り囲むように立った。

隼人は八丁堀川を背にして立ち、兼定の鯉口《こいぐち》を切った。

「おれに、何か用か」

隼人が低い声で訊いた。

三人の男は無言だった。いずれも、獲物を狙う野犬のような目をして隼人を見つめている。

「八丁堀の鬼隼人と知っての上か」

隼人がそう言うと、右手に立った痩身の男の顔に驚きと狼狽《ろうばい》の色が浮いた。この男は隼人を知っているらしい。他のふたりは表情を変えなかった。正面に立った髭の濃い、赤ら顔の男が、

「問答無用！」

言いざま、抜刀した。

それにつられるように、左右のふたりも刀を抜いた。左手の長身の男が八相、右手の男が青眼に構えた。青眼に構えた切っ先が震えていた。腰も引けている。隼人と知って臆したようだ。

正面の男は下段だった。腕に覚えがあるらしく、どっしりと構えている。大柄で首の太

い男だった。

「うぬは、三島藤十郎か」

隼人は、もしやと思って質した。

「三島などいう男は、知らぬ」

赤ら顔の男は胴間声《どうまごえ》で言うと、下段のまま間合をつめてきた。

隙のない構えだが、それほどの威圧はなかった。下から突くか、逆袈裟で斬り上げるつもりであろう。

隼人は兼定を抜いて青眼に構えた。直心影流の円連《えんれん》を遣うつもりだった。円連は刀法というより、体捌《たいさば》きといった方がいい。ちょうど大八車の車輪が地上についている一点に重心をかけて車全体が方向を転ずるように、踵《かかと》に重心をかけて体を転ずる技である。複数の敵を相手にしたとき、効果を発する。

赤ら顔の男が、斬撃の間に迫ってきた。動きを合わせるように、左手の長身の男も間合をつめてきた。

6

ふいに、赤ら顔の男が斬撃の間境を越えた。

刹那《せつな》、痺《しび》れるような殺気が放射され、赤ら顔の男の体が躍動した。

タリャァ！

裂帛《れっぱく》の気合を発し、赤ら顔の男が逆袈裟に斬り込んできた。

間髪を入れず、左手の長身の男が踏み込んできた。八相から袈裟への太刀である。

隼人は身を引きざま赤ら顔の男の刀身を跳ね返し、右足の踵を軸に回転して逆袈裟に斬り上げた。一瞬の流れるような体捌きである。

長身の男の刀身は空を切り、隼人の斬撃は男の脇腹をえぐった。

グワッ、という呻き声を上げ、長身の男はたたらを踏むように路傍へ泳いだ。上体が前にかしぎ、深くえぐられた腹から臓腑が溢《あふ》れている。

「おのれ！」

赤ら顔の男が憤怒の形相で、斬り込んできた。

上段から隼人の頭上へ。たたきつけるような斬撃だが、鋭さがない。

隼人は左手へ跳んで斬撃をかわし、赤ら顔の男の手元へ斬り込んだ。

右腕が落ちた。

切断された右腕から、筧《かけい》の水のように血が流れ落ちた。

赤ら顔の男は獣の吠えるような絶叫を上げ、血の流れる右腕を腹にかかえるようにして、隼人から逃げた。

隼人は逃げる男を追わず、右手の痩身の男に目をやった。

顔がひき攣《つ》り、切っ先が笑うように震えていた。腰が引け、隙だらけである。

「くるか！」

隼人は威嚇するように声を上げ、痩身の男の前に踏み込んだ。

ワアッ！　と悲鳴とも気合ともつかぬ声を発し、男は正面から斬り込んできた。捨鉢の攻撃といっていい。

隼人は体をかわしざま、男の鍔《つば》元に強く斬り込んだ。

甲高《かんだか》い金属音とともに、男の手にした刀が足元に落ちた。隼人が、たたき落としたのである。

すばやく切っ先を男の喉元につけると、男は恐怖に目を剝《む》き、その場にへたり込んだ。

「首を刎《はね》られても、文句はないな」

隼人は男の前に立って言った。

「か、かんべんしてくれ」

男は泣き声を出し、隼人にむかって掌《て》を合わせた。無頼漢らしい格好に似合わず、意気地のない男である。

「うぬの名は」

「は、橋本伝蔵《はしもとでんぞう》。牢人だ」

「おれを八丁堀同心と知っての上で斬るつもりだったのか」

「ち、ちがう。知らなかったんだ。おれたちは頼まれただけだ」

「だれに頼まれた」

「名は知らぬ。……水谷町の飲み屋で飲んでいるとき、店に入ってきた男に五両で頼まれたのだ」

橋本は声を震わせて言った。

「五両か。やすく請け負ったものだな」

隼人は男の話に嘘はないだろうと思った。

「店の名は」

「堀川屋《ほりかわや》だ」

「それで、頼んだのはどんな男だ」

依頼主は、闇一味にかかわりのある者だろうと隼人は思った。

「武士だ」

「大柄で、肩幅のひろい男か」

「そうだ」

「歳のころは」

「三十半ばだ」

「うむ……」

隼人は、闇一味にくわわっている武士にまちがいないと思った。隼人が探索していることを知って、消しにかかったのだろう。

……探索が身辺に迫ってきたと感じたからだ。

隼人は、小野派一刀流にかかわる道場をたどる探索法はまちがっていないと思った。

隼人が虚空を見つめて黙考していると、男は腰を浮かせてそろそろと後じさりし始めた。

「待て！」

隼人が声をかけると、男はギョッとしたように身を竦《すく》めた。

「川岸で唸《うな》っている男を連れて帰れ」

隼人に腹を裂かれた男がうずくまったまま唸り声を上げていた。助からないだろうが、すぐには死なない。それに、路傍にいたのでは通りかかった者が驚くだろう。

「わ、分かった」

男はそう言うと、うずくまっている男のそばに行き、着物の袖を切り取って腹にあてが

う と、男の腕を肩にまわして助け起こした。

ふたりの男は、夜陰につつまれ始めた川沿いの道をよたよたと去っていく。

隼人は兼定の血を懐紙でぬぐって納刀すると、ゆっくりと歩きだした。土手の葦が川風に揺れている。

7

翌日、隼人は西紺屋町へ足をむけた。岩井道場の近所で聞き込むつもりだった。この日、隼人は八丁堀同心と分かる身装《みなり》で来ていた。すでに、隼人の正体は闇一味に知られているようなので、身を変える必要がなかったのである。

隼人は道場から一町ほど離れた表通りにあった酒屋に入った。

「これは、八丁堀の旦那、何かご用でございますか」

主人らしい五十がらみで丸顔の男が、愛想笑いを浮かべて訊いた。八丁堀同心を粗略に扱う町人はいないのだ。

「あるじかい」

隼人も同心らしい物言いで訊いた。

「はい、源兵衛《げんべえ》ともうします」

「源兵衛、この先の岩井道場を知っているか」

「存じております」

源兵衛の顔に怪訝な表情が浮いた。道場のことなど訊かれるとは思わなかったのだろう。

「師範代の三島藤十郎を知っているか」

闇一味と思われるのは、三島である。

「お見かけする程度で、お話ししたことはございませんが」

「歳はいくつぐらいだ」

「三十五、六といったところでしょうか」

「そうか」

やはり三島が闇一味のようである。体軀《たいく》も年の頃も合う。

「三島は岩井道場の門弟になって長いのか」

「十年ちかくにはなりましょうか。ご師範代になられたのは、三年ほど前だったでしょうか」

「出自は分かるか」

「さァ、ご牢人だったと聞いた覚えがありますが、くわしいことは……」

分からない、というふうに源兵衛は首を横にふった。

「住居《すまい》はどこだ」

「西本願寺のお近くだと聞いた覚えがあります」

「町家だろうな」

牢人となると、屋敷を構えてはいないだろう。長屋か借家住まいとみていいのではないだろうか。西本願寺の周辺で聞き込んだら分かるかもしれない。

「ところで、源兵衛、水谷町の堀川屋を知っているか」

酒屋なら堀川屋に酒をとどけているのではないか、と隼人は思った。

「よく、存じております。お得意さまですから」

源兵衛は顔をくずした。

「それはいい。その堀川屋に、三島はよく顔を出すのか」

「さァ、そこまでは」

源兵衛は、また首を横にふった。

「堀川屋のあるじの名は」

「甚平《じんべい》さんです」

「甚平が、水谷町で堀川屋を始めて長いのか」

「十四、五年にはなりましょうか。商いはしっかりしておりますよ」

「そうか」

甚平が闇の一味ということはなさそうである。十四、五年前から店をひらき商売も堅実ということなら、夜盗ということはないだろう。

「邪魔したな」

隼人は酒屋を出た。

その足で隼人は、神田紺屋町の豆菊を訪ねた。八吉の手を借りようと思ったのである。

隼人は、しばらく三島を尾行するつもりでいた。闇一味かどうかはっきりさせると同時に、闇一味ならすこし泳がせて、頭目である久兵衛の所在をつかもうと思ったのだ。

ただ、三島の尾行は危険だった。剣の手練の上に、町方の探索を警戒しているとみなければならない。利助と綾次には任せられなかったし、隼人が尾行するわけにもいかなかった。そうなると、頼みの綱は八吉ということになる。

隼人が豆菊の暖簾を分けて店に入ると、

「これは、旦那」

ちょうど料理を運んできた八吉が、驚いたような顔をして立ち止まった。

「ちと、八吉に頼みがあってな」

「ともかく、腰を落ち着けてくだせえ」

そう言って、八吉は奥の座敷に隼人を連れていった。追い込みの座敷には数人の客がいたので、捕物の話はできないと思ったのであろう。

隼人が奥の座敷に腰を下ろすと、すぐに八吉が顔を出した。

「利助と綾次は、どうしてる」

と、隼人が訊いた。

「ふたりとも、朝から飛び出していきやしたぜ」

「そうか」

ふたりは、隼人の指示で錺職に当たっていた。錠前破りの惣十を探しだすためである。

「それで、旦那、話というのは」

八吉が声をあらためて訊いた。

「足を洗ったおめえを担ぎ出したくねえが、おめえじゃァねえとできねえ仕事だ」

「闇一味の探索で」

「そうだ」

隼人は、町道場をたぐって三島藤十郎を洗い出したことをかいつまんで話した。

「それでな、三島を尾けて頭目の久兵衛や仲間の塒をつかみたいのだ」

「へえ……」

八吉は視線を膝先に落として戸惑うような表情を浮かべた。足を洗った自分が、探索にくわわっていいものかどうか迷っているようだ。

「三島を尾けるのは、容易じゃァねえ。まだ、利助や綾次じゃァ荷が重い」

「そうかもしれやせん」

「それに、一味のひとりの佐吉を捕らえているので、やつらは自分の身があぶなくなってると感じてるはずだ。金をつかんで江戸から逃げるか、さらに別の場所に身を隠すか。いずれにしろ、のんびりしちゃァいられねえだろう」

隼人がそう言うと、八吉は顔を上げ、

「やりやしょう」

と言って、迷いのふっ切れた目で隼人を見た。

「ありがてえ」

隼人はそう言うと、ふところから財布を取り出し、

「こいつは、手当てだ」

二両手にして、八吉の膝先に置いた。

「いただきやす」

八吉は二両を手にした。ふだん手当てはもらってないが、断ると隼人が自分を使いにく

いと思ったのであろう。

「三島は遣い手だ。手は出すなよ」

「分かっていやす」

そう言って、八吉は口元に微笑を浮かべた。引退する前の鉤縄の八吉らしい顔にもどっている。

第四章　上段霞

1

板塀をめぐらせた仕舞屋だった。妾でも囲って置くようなこぢんまりした家である。

八吉は、三島藤十郎の住居が西本願寺の近くだと聞いて、町人地である南小田原町や肴《さかな》店《だな》をまわり、それらしい家を探し出したのだ。

近所の者に聞くと、三島は独り暮らしで、五年ほど前にその家に越してきたという。それまでは、長屋住まいだったらしい。

八吉は仕舞屋を見た後、一町ほど離れた小体《こてい》の瀬戸物屋に入り、主人に袖の下を使って話を聞いてみた。

「独り暮らしの牢人の家には見えねえが、それまでだれが住んでたんだい」

八吉はそう切り出した。

「日本橋のある太物問屋の主人が妾をかこってたんですがね。おたえさんという妾が死にましで、そのままになっていたのを三島さまが居抜きで買い取ったそうですよ」

五十半ばと思われる瀬戸物屋の主人は、顔をしかめて言った。三島のことをよく思っていないらしい。

……貧乏牢人にゃァ過ぎた塒《ねぐら》だ。

と、八吉は思った。

仕舞屋を買う金をどこで手に入れたのか……。押し込みに入った分け前だとみれば、納得できる。

「ところで、三島さまは剣術が強《つえ》えそうだな」

八吉は話題を変えた。

「そりゃァもう、剣術道場のお師匠だそうですから」

実際は師範代だが、老齢の道場主に代わって三島が稽古をつけているので、師匠と呼んだのであろう。

「おれの倅が、剣術を習いてえなどと馬鹿なことを言ってるんだが、三島さまは駄目かい」

八吉は適当に言いつくろった。

「やめといた方がいいですよ。いまでこそ師範代だそうですが、その前はただの門人で、ひどい暮らしぶりだったんですから」

「へえ、そんなふうには見えねえがな」

「酒や女だけならいいが、賭場にも出入りするし、近所では辻斬りでもやって金を手にしてるんじゃァないかと噂してたほどなんですよ」

主人は苦々しい顔をして言った。

「そうなのかい。弟子入りは、やめさせた方がいいようだな」

「そうですとも」

「いまでも、むかしの仲間が訪ねてくるんじゃァねえのかい」

八吉は、闇一味が仕舞屋にも姿を見せるのではないかと思った。

「いいえ、あの家にはだれも寄り付かないようですよ。……それに、あまり家にはいないようですしね」

主人は、別なところに女でも囲ってるんじゃァないですか、と小声で言って、口元に卑猥な嗤《わら》いを浮かべた。

それから、八吉は三島がどこへ出かけるのか訊いたが、主人もそこまでは知らないようだった。

「邪魔したな」

八吉は瀬戸物屋から出たその足で仕舞屋の近くまで行き、張り込む場所はないか周囲に視線をめぐらせた。

半町ほど離れた空地の一角に笹藪《ささやぶ》があった。雑木も混じっていて枝葉を茂らせている。八吉はその藪のなかに身を隠して、三島が姿をあらわすのを待つことにした。

一刻（二時間）ほどすると陽が沈み、辺りは淡い暮色につつまれてきた。さっきまで、藪のなかに鶯《うぐいす》や目白《めじろ》などがきて、澄んだ鳴き声を聞かせていたが、いまはひっそりとして物音ひとつしなかった。静かな雀色時である。

そのとき、引き戸をあける音がした。戸口に人影があらわれ、板塀の間の枝折《しお》り戸を押して通りへ出ていく。

……やつだ！

大柄な武士だった。羽織袴姿で二刀を帯びている。遠目なので顔ははっきりしなかったが、三十半ばの感じがした。隼人から聞いていた三島にまちがいない。

三島は西本願寺の表門の前を通ってしばらく西にむかい、大きな通りへ出た。東海道である。東海道は、まだかなりの人通りがあった。だいぶ夕闇が濃くなったが、まだ店をあけている表店もある。

三島は東海道を京橋の方へ歩き、京橋のたもとにある一膳めし屋に入っていった。腰高障子に、成田屋《なりたや》と記してある。

……めしを食いに来たようだ。

八吉はどうしたものか迷った。

おそらく、酒も飲むだろう。すぐに、店から出てくるとは思えなかった。縄暖簾の間から覗くと、かなりの客で賑わっている。

これなら気付かれることはねえだろう、と思い、八吉は縄暖簾を分けて、店に入っていった。

「いらっしゃい」

襷《たすき》がけで前だれをかけた小女が声をかけた。まだ、十七、八と思える頰のふっくらした女だった。

「酒と、それから肴はみつくろってくんな」

八吉は酒肴を頼むと、あいている隅の飯台に行って腰を下ろした。

それとなく店のなかに目をやると、三島は戸口のそばの飯台にいた。ひとりである。いっときすると、さっきの小女が、三島のそばに来て銚子と小丼を置いていった。やはり、酒を飲むようである。

小女は、八吉にも酒肴を運んできた。肴は酢の物と鯖《さば》の味噌煮だった。

「ねえちゃん、この店はお侍もくるのかい」

八吉は三島の方に目をやりながら小声で訊いた。

「ときどきね」

「ひとりかい」

「他の人といっしょのときもあるけど」

それだけ言うと、小女はそそくさと八吉のそばを離れてしまった。客がたてこんでいるので、おしゃべりをしてる暇はないらしい。

八吉は手酌でチビチビやりながら、それとなく三島の方に目をやっていた。三島は、だいぶいける口らしく、小女に何度も酒を頼んだ。

八吉が店に入って半刻（一時間）ほどしたとき、色の浅黒い三十がらみの町人が店に入ってきて、三島の脇に腰を下ろした。子持縞《こもちじま》の単衣《ひとえ》を尻っ端折りし、雪駄履きだった。目付きの鋭い剽悍《ひょうかん》そうな顔付きの男である。

ふたりは顔を見合わせたが、話しかけるでもなく、すこし間を置いたまま前を見ている。

……やつは、仲間だ！

と、八吉は直感した。

町人体《てい》の男の身辺には、闇の世界に棲む者特有の陰湿さと酷薄さがただよっていた。

小女が酒肴を置いて去ったとき、町人体の男が三島に何か話しかけたようだった。その後、ふたりは二言三言何か言葉をかわしたが、それっきりでまた黙ってしまった。黙り込んだまま手酌で酒を飲んでいる。

それから小半刻（三十分）ほどすると、町人体の男が先に立ち上がった。店から出ていくようだ。

……こいつを尾《つ》けるか。

八吉は咄嗟に判断した。三島の塒は分かっているので、いつでも尾けることができるからだ。

町人体の男が店から出て行くと、すぐに八吉も腰を上げた。そして、店の親父に銭を渡し、外へ飛び出した。

男はちょうど京橋を渡っていくところだった。外は夜陰につつまれていたが、月明りがあり、提灯はいらなかった。日本橋通りには、ちらほら人影があった。声高《こわだか》にしゃべりながら歩く若い男連れ、男衆《し》を連れた芸者、小僧に提灯を持たせた店者《たなもの》らしい男などが足早に過ぎていく。

男は表通りのなかほどをゆっくりと歩いていた。尾行を気にするような素振りはまったくなかった。八吉は、大店の軒下闇をつたうようにして尾けていく。

前方に日本橋が見えてきたとき、ふいに前を行く男が右手の路地へ入った。

八吉は走った。そして、男が入っていった路地へ目をやった。

男の姿がない。板戸をしめた町家の間に、細い通りが白く浮き上がったように見えていた。

……やるじゃァねえか。

八吉は動かなかった。路地の角の板塀の陰に身をひそめたまま凝《じっ》としていた。町人体の男が、路地の物陰に身をひそめている気配を察知したのである。後を追って路地に飛び込めば、尾けてきたことを男に知らせることになる。

……今夜のところは、これまでだな。

八吉は深追いはやめようと思った。焦ることはなかった。三島を尾行して、久兵衛以下一味の塒を探るのはこれからである。

八吉は日本橋通りへ出ると、わざと酔ったようなふりをして豆菊のある紺屋町の方にむかった。

2

翌日、陽が西にまわったころ、八吉はふたたび南小田原町へ出かけた。三島を尾けるためである。三島を尾行していれば、いずれ闇一味の所在も知れると八吉は思っていた。

昨日と同じ笹藪のなかに八吉は身を隠して、三島が出てくるのを待った。ところが、暮れ六ッ（午後六時）の鐘の音を聞き、辺りが夜陰につつまれてきても三島は姿を見せなかった。それに、仕舞屋から洩《も》れてくる灯《ひ》もない。

……やつは、いねえようだ。

と、八吉は思った。

八吉は笹藪から出ると、仕舞屋へ近付き、枝折り戸を押して敷地内に入った。家のなかはひっそりとして物音ひとつ聞こえない。

八吉は足音を忍ばせて戸口へ近付いた。板戸を引くと、あいた。なかは真っ暗である。そっと土間へ入り込み、暗闇に身をかがめてなかの様子をうかがった。人のいる気配がない。

……どこかへ出かけたようだ。

八吉が、仕舞屋を見張り始める前に出たのか、それとも昨夜からもどってこないのか、いずれにしろ、ここで見張っていても意味はなかった。

八吉は外へ出た。生暖かい風が吹き、上空に黒雲が流れていた。八吉は夜道を足早に京橋にむかった。成田屋に来ているかどうか、確かめてみようと思ったのである。

成田屋にも三島はいなかった。昨夜の小女に聞いてみると、今日は来ていないとのことだった。八吉は酒は飲まず、めしだけ食って成田屋を出た。

……また、明日だ。

と、八吉は思った。今夜は、動きようがなかったのである。

その日、隼人は利助と綾次を連れて、本所相生町へ出かけていた。竪川《たてかわ》にかかる二ツ目橋のちかくに惣十らしい男が住んでいた長屋があると聞いて、確かめてみようと思ったのである。

「旦那、そいつは錺職だが身持ちが悪く、長屋じゃァ鼻摘《つま》み者だそうで」

利助が目を剝いて言った。

「名は」

「朝吉《あさきち》だそうです。惣十じゃァねえが、名を変えてるかもしれやせん」

「そうだな」

その男が惣十なら、名を変えている方が自然だった。

歩きながら、利助と綾次が話したところによると、朝吉は三十半ばで、十年ほど前長屋に来たときは女房がいたが、七年ほど前に流行《はや》り病で先立たれ、その後は独り暮らしだという。

「女房が死んでから暮らしが荒れだし、酒や女に溺《おぼ》れ、博奕にも手を出すようになったそうです。長屋の者は、働きもしないで、よく遊ぶ金があると不思議がってましたよ」

「それで、いまも暮らしは荒れているのか」

隼人が訊いた。

「それが、旦那、このところ急に真面目になって錺職の仕事もやるようになったそうです。ただ、長屋にいねえことが多いんで、外で遊んでるにちげえねえと、長屋の連中は言ってやしたがね」

「そいつが、惣十かもしれねえな」

隼人はちかごろ急に真面目になったと聞いて、かえって疑念を深めた。闇一味として島田屋や田代屋に押し入り、ほとぼりがさめるまで、おとなしくしているのではないかと思ったのである。

伝兵衛店《でんべえだな》という棟割り長屋だった。隼人は八丁堀ふうの格好で来ていたので、利助を長屋にやって様子を見てこさせた。

「旦那、惣十はいませんぜ」

利助は、朝吉が惣十と決め付けていた。

長屋の者の話だと、朝吉は昨夜から長屋にもどっていないそうである。

「旦那、どうしやす」

「ちかくで、そばでも食うか」

隼人が表通りを歩きながら言った。

「へい」

利助が威勢よく返事した。綾次も、喜色を浮かべてうなずいている。ふたりとも、腹がへっていたらしい。

伝兵衛店からそう遠くない表通りに小体なそば屋を見つけ、隼人たちは暖簾をくぐった。

「こ、これは、八丁堀の旦那」

初老の親父は恐縮して、隼人たちを座敷に案内した。

そばと酒を頼んだ後、隼人は、

「ちと、訊きたいことがあってな」

と親父に声をかけた。隼人には、利助と綾次の日頃の苦労をねぎらうとともに朝吉のことを聞き込んでみようという肚《はら》があったのだ。朝吉が独り者なら、ちかくのそば屋にめしを食いにくるはずである。

「へい、何でございましょうか」

親父は神妙な顔をして、隼人の前に膝を折った。

「伝兵衛長屋の朝吉を知ってるか」

「へえ、この店にもときどきそばを食いに寄りますんで」

隼人の睨んだとおりだった。

「朝吉だがな、惣十という名じゃァなかったかい」

隼人は肝心なことを単刀直入に訊いた。

「い、いえ……」

親父は怪訝な顔をして首をかしげていたが、ふいに何か思い出したらしく、

「旦那、そう言えば、朝吉さんといっしょにきた男が惣十と呼んで、慌てて口をつぐんだことがありやした」

と、身を乗り出すようにして言った。

「やはりそうか」

朝吉は、まちがいなく惣十らしい。

親父の話をそばで聞いていた利助が、やっぱり惣十だ、と声を上げ、綾次も目を剝いて膝を打った。

「ところで、朝吉といっしょにきた男が、だれか分かるか」

隼人は闇一味の仲間だろうと思った。

「さァ、初めて見た顔でしたので」

親父は、顔を横に振った。

「町人か」

「へえ、歳は二十五、六ってとこでしたかね。青《あお》っ白《ちろ》い顔をした遊び人ふうの男でしたが」

「鳶職らしい感じではなかったか」

久兵衛でも、黒犬の仙蔵でもない。残るのは、つなぎ役の万次郎と鳶の銀助である。

「いえ、そんなふうには見えませんでした。鳶や大工ではありませんね」

親父は断定するように言った。

「うむ……」

となると、万次郎ということになる。万次郎が頭目の久兵衛からの指示を惣十につなぎ、そのときこの店に立ち寄ったのではあるまいか。あるいはこの店で、指示を伝えたとも考えられる。

それから、隼人は久兵衛や他の仲間のこともそれとなく訊いてみたが、親父もそれ以上のことは知らなかった。

「親父、おれたちが来たことは内緒にしてくれ」

隼人が念を押すように言った。惣十に町方の手が迫っていることを知られたくなかったのである。

「承知しやした」

親父はうなずいた。

隼人たち三人は、酒はすこしだけで済ませ、そばで腹ごしらえしてから店を出た。

いつの間にか陽が沈み、竪川沿いの道筋は淡い夕闇につつまれていた。

3

川風が吹いていた。上空に残照があり、黒雲が流れている。竪川の川面《かわも》に風でさざ波が立ち、汀《みぎわ》に寄せる波音が足元から聞こえていた。

隼人たち三人は、竪川沿いの通りを歩いていた。そば屋の親父に惣十のことを訊いた翌日である。

この日も、隼人たちは伝兵衛店に来て、惣十の所在を確認しようとしたのだが、惣十はいなかった。長屋の者に訊くと、惣十は一昨日から長屋にもどってないらしいという。

隼人たちは、しばらく長屋へ通じる路地木戸を見張っていたが、惣十はいっこうに姿を見せないので、あきらめたのである。

表通りの店は板戸をしめ、夕闇のなかに沈んでいるようにひっそりとしていた。ふだんは、人通りの多い通りだが、風の強い夕暮れどきのせいか、ほとんど人影はなかった。ときおり、出職の職人や飲みにでも出かけるらしい若い男などが、足早に通り過ぎていくだけである。

二ッ目橋のたもとを過ぎて、しばらく歩いたときだった。隼人は、前方の川岸に立っている人影を目にした。ふたりいた。ひとりは二刀を帯びた武士で、もうひとりは町人体だった。ふたりとも、黒布で顔を隠している。

……三島ではないか！

と、隼人は思った。

武士は大柄でどっしりとした感じがした。やや撫《な》で肩で、腰が据わっている。剣の手練《てだれ》らしい体軀だった。

もうひとりは、黒の半纏《はんてん》に股引《ももひき》姿だった。大工か職人といった身装《みなり》である。中背で敏捷《びんしょう》そうな感じがした。おそらく、闇一味のひとりであろう。

……ねらいは、おれたちか。

となると、隼人たちの探索を阻止するための待ち伏せということになる。

「旦那、妙なやつがふたりいやすぜ」

利助がこわばった顔で言った。利助も、ふたりのただならぬ気配を感じ取ったようである。

前方のふたりとの距離が、しだいに狭まってきた。ふたりは薄闇のなかで、隼人たちを見つめている。

捕らえてくれよう、と隼人は思った。三島がいかに手練であろうと、相手はふたり、味方は三人である。

「やつら、闇一味かもしれねえ」

隼人がそう言うと、利助と綾次の顔に緊張がはしった。

「捕るぞ」

隼人が低い声で言った。

「ちくしょう！　おとっつァんとおっかさんの敵を討ってやる」

綾次が目をつり上げて、昂《たか》ぶった声を上げた。顔が憎悪にひき攣《つ》っている。利助も、両袖をたくし上げ、目を剝いた。

「利助、綾次、町人にふたりでかかれ！」

「へい」

利助が声を上げて、ふところから十手《じって》を取り出した。つづいて、綾次も十手を出した。

綾次の十手は八吉の古い物を借りたのである。

隼人たちの様子を見て前方のふたりが、ゆっくりと通りのなかほどへ出てきた。

そのときだった。右手の町家の陰から、ふいに別の人影があらわれた。町人体の男がふたり。黒布で顔を隠し、手に匕首を持っていた。

……まずい！

四人で待ち伏せていたのである。

太刀打ちできない。隼人が三島と立ち合っている間に、利助と綾次が仕留められてしまう。

前方のふたりが、足早に迫ってきた。町人体の男はふところから匕首を抜いていた。薄闇のなかに、切っ先がにぶくひかっている。男たちは、獲物に迫る野犬のような目をしていた。

「呼子を吹け！　大声を上げろ」

隼人が叫んだ。

すぐに、利助が呼子を取り出して吹いた。

ピリピリ、と甲高い音が夜陰にひびいた。つづいて、綾次が、盗人《ぬすっと》だ！　出てきてくれ！　盗人だ、と喉が張り裂けんばかりに大声を上げた。

その呼子と絶叫に四人の男が足をとめ、戸惑うような目をして顔を見合った。

「かまうな、やれ！」

三島が声を上げて、抜刀した。

他の三人も、気を取り直したらしく、足早に隼人たちの方に迫ってきた。

利助はさらに呼子を吹き、綾次は叫びつづけた。すると、道沿いの表店の表戸があき、淡いひかりが洩れて複数の人声が聞こえた。さらに、ちょうど通りかかった職人ふうのふたり連れが、あそこだ！　八丁堀の旦那がいる、と声を上げた。その声に、別の表店の戸があき、男が顔を出した。

「うぬらの命、もらった！」

三島が声を上げて、隼人に迫ってきた。

「くるか！」

隼人は兼定を抜いた。

三間ほどの間合に迫ると、三島は足をとめて隼人と対峙《たいじ》した。

三島は半身になり刀身を頭上に上げて水平に構え、切っ先を隼人の目線につけた。小野派一刀流の上段霞《じょうだんかすみ》である。

「こ、これは！」

切っ先が点になり、刀身が見えなくなった。三島との間合が読めない。上段霞は、敵に間合を読ませぬ利がある。しかも、太刀筋も読みづらかった。上段から袈裟にくるのか、籠手にくるのか、胴を払うのか……。

隼人は青眼に構え、切っ先を三島の左目につけた。直心影流の龍尾《りゅうび》を遣うつもりだった。

龍尾は、龍の頭を撃つと尾が瞬時に打ち返し、尾を撃つと頭が襲い、なかほどを撃つと尾と頭が襲うという伝説から名付けられた技だった。要するに敵の攻撃に対し瞬時に打ち返す後《ご》の先《せん》の太刀である。

隼人は心を鎮めてゆったり構え、三島の動きを見ようとした。

三島は上段霞に構えたまま、ジリジリと間合を狭めてきた。

そうしている間に、利助と綾次のそばに三人の男が迫っていた。利助は呼子を吹くのをやめ、目をつり上げて十手を構えている。綾次も、へっぴり腰で手だけ前に突き出すような格好で十手を構えた。

また、通りに面した表店の前にはいくつもの人影があらわれ、声高に叫び合っていた。近所の者や通りすがりの者が、集まってきたのである。

三島が斬撃の間に迫ってきた。そのまま切っ先で顔面を突いてくるような異様な威圧がある。

三島の左足が一足一刀の間境を越えた刹那、全身に痺れるような剣気が疾《はし》った。

……くる！

隼人が察知した刹那、三島の体が躍動した。

上段霞から袈裟へ。

その袈裟斬りを受けようと、隼人が刀身を上げた刹那、三島の体が沈んで鋭く籠手へ伸びてきた。

……籠手か！

袈裟と見せての籠手斬り、と感知したが、かわす間がない。

一瞬、隼人は手首をひねって鍔《つば》で受けようとした。

三島の切っ先が鍔に当たって流れたが、隼人の右前腕の皮肉を裂いた。

次の瞬間、ふたりは背後に大きく跳んで間合を取った。

「よく、かわしたな」

三島の目が細くなった。笑ったようである。

隼人は浅く皮肉を裂かれただけである。血が流れていたが、勝負に差し障りはない。

「次は、おれの番だ」

隼人はふたたび青眼に構えた。

三島もすぐに上段霞に構え、間合をつめ始めた。

そのときだった。利助に迫っていたひとりが、グッという喉のつまったような呻《うめ》き声を上げて身をのけ反らせた。

そばに集まってきた者たちのだれかが石を投げ、男の背に当たったらしい。それが合図ででもあったかのように、盗人だ！　人殺しだ！　という声が起こり、小石や棒切れなどが、飛んできた。十人ほどの男たちが、すこし離れた場所で騒いでいる。

三島が身を引いて、刀身を下げた。そして、路傍に目を投げ、

「引け！」

と声を上げ、反転して駆け出した。

他の三人もばらばらと走り出した。逃げていく男たちの背に、集まった男たちから石が飛び、罵声《ばせい》が浴びせられた。

「命拾いしたようだな」

隼人は兼定を鞘に納めた。

「だ、旦那、やられたんですかい」

利助が目をつり上げてそばに来た。すぐに、綾次も駆け寄ってきた。隼人の右手が血に

染まっていた。だが、深手ではない。

「おれは、かすり傷だ。おめえたちも、あぶなかったようだな」

見ると、利助は右袖が裂け、二の腕に血がにじんでいた。綾次も左の肩口に血の色があった。ただ、ふたりともかすり傷のようである。

隼人は集まった近所の者たちに目をやり、

「助かったぜ。もう心配ねえから、家へもどってくんな」

そう言い置いて、歩き出した。

利助と綾次が目をひからせ、興奮さめやらぬ体《てい》で跟《つ》いてくる。

隼人は右腕に手ぬぐいを巻きながら、

……やつら、おれたちの動きを察知していたようだ。

と、胸の内でつぶやいた。

4

「まァ、大変！」

おたえが、隼人の右腕の傷を見てひき攣《つ》ったような声を上げた。ふっくらした顔から血の気が引き、目を剝いている。

「大きな声を出すな。かすり傷だ」

隼人が、慌てて言った。

「何事です、大声を出して」

おたえの声を聞きつけ、おつたが奥から走り出てきた。

「義母上《はは》、旦那さまが」

おたえが上ずった声で言った。

「たいした傷ではありませんよ。不覚にも、ならず者を取り押さえようとしましてね」

隼人は照れたような顔をして言いつくろった。女たちに余計な心配をかけたくなかったのである。

「おたえ、心配いりませんよ。小桶に水を」

おつたは、やっと自分の出番が来たと言わんばかりにいかめしい顔をしておたえに指示した。さすがに、おつたは隠密廻り同心の妻として長年暮らしてきただけに、この程度の傷では動じないようだ。

「は、はい」

おたえはすぐに腰を上げ、台所へ飛んでいった。

戸口で傷口を洗ってから、隼人は居間へむかった。まだ、出血していたが、たいした傷

ではなかった。居間でおつたにさらしを巻いてもらうと、隼人は、

「実は、夕餉がまだでして」

と、腹を押さえながら言った。

「はい、すぐに」

そばにいたおたえが、ほっとしたような顔で立ち上がった。血色ももどっている。大事ないと知って、安心したようだ。

翌朝、出仕する隼人を玄関先まで見送りに出たおたえが、

「旦那さま、今日もあぶないお仕事なのですか」

と、心配そうに眉を寄せて訊いた。

「いや、今日はな、町を見まわるだけだ。すこし、足が痛くなるかもしれんがな」

隼人が微笑して言うと、

「それなら、安心」

おたえは、口元をほころばせて兼定を隼人に手渡した。

隼人は刀を腰に帯びると、おたえに身を寄せ、

「おたえ、いまの件が片付いたらな、ふたりだけで浅草寺へ参詣に行くか」

と、耳元でささやいた。

「ふたりだけで……」

おたえはチラッと背後に目をやり、おったがいないのを確認してから隼人を見上げて嬉しそうにうなずいた。

その日、隼人は利助と綾次を連れて相生町へ出かけた。伝兵衛店に惣十がいれば、捕縛するつもりだった。

「どうだ、傷は」

歩きながら、隼人が訊いた。

「このとおりでさァ」

利助が傷のある右腕をまわして見せると、綾次も、痛くも痒《かゆ》くもねえ、と言って、左肩をたたいて見せた。

ふたりともたいした傷ではなく、八吉の女房のおとよにさらしを巻いてもらっただけだという。

「昨夜《ゆうべ》の四人、また襲ってきますかね」

利助が声を落として訊いた。顔に不安そうな色がある。やはり、昨日と同じ場所へ行くのは怖いのだろう。

「いや、今日は姿をあらわすまい。それに、日中は人通りが多い。襲いたくとも襲えないだろうよ」

それより、惣十がいるかどうかだった。隼人たちの探索の手が伸びたことを察知し、姿をくらましてしまったのではあるまいか。

隼人は伝兵衛店のそばまで来ると、

「利助、綾次、ふたりで長屋を見てこい」

そう言って、利助と綾次を長屋に走らせた。まず、惣十の所在を確認させるつもりだった。

路傍でいっとき待つと、ふたりが駆けもどってきた。

「だ、旦那、惣十はいませんぜ。あれから長屋にもどってねえそうで」

利助が息を切らせて言った。

「もぬけの殻か」

隼人の危惧したとおりだった。とうぶん、伝兵衛店にはもどらないだろう。それにしても早い、と隼人は思った。隼人たちの手が身辺に迫ってきたのを事前に察知し、すぐに塒から姿を消してしまったのであろうか。

「惣十に、逃げられちまいやしたね」

利助が消沈して言った。

「なに、いまごろ八吉がやつらの居所をたぐってるはずだ」

隼人が鼓舞するように言った。

5

「出てきたぜ」

思わず、八吉は小声でつぶやいた。

八吉は午前中からずっと三島の住む仕舞屋のちかくの笹藪のなかにひそみ、三島が出てくるのを待っていたのだ。

暮れ六ツ（午後六時）前だった。西陽が八吉のひそむ藪のなかにも射し込み、仕舞屋の長い影が伸びていた。

八吉は音のしないように藪から出て、三島の後を尾け始めた。まだ、夕暮れ前で明るかったので、三島との間を一町ほどとった。尾行は楽だった。町筋には人通りがあったので、人影に隠れるように尾ければ気付かれる恐れはなかったのである。

三島はこの前と同じように西本願寺の門前を通って、東海道へ出た。そして、京橋の方へ歩いていく。

……また、成田屋か。

と八吉は思ったが、そうではなかった。

三島は成田屋には寄らずに京橋を渡り、日本橋通りを日本橋の方へむかっていく。表通りの両側は土蔵造りの大店が軒をつらね、さまざまな身分の老若男女が行き交っていた。江戸でも有数の賑やかな通りである。

それでも、陽が落ちて表店のなかには大戸をしめた店もあり、日中よりも人出はすくなかった。

三島は日本橋を渡り終えると、右手にまがった。そこは魚河岸である。ふだんは、ねじり鉢巻き姿の威勢のいい男たちが行き交っているのだが、いまはまばらだった。魚屋もしまっている。

三島は魚河岸を通りぬけ、日本橋川沿いの道を川下にむかって歩いていく。あたりは夕闇につつまれ、人影もだいぶすくなってきた。

三島は小網町へ出ると左手にまわり、掘割沿いにあった料理屋に入っていった。玄関先に掛行灯《かけあんどん》がともり、戸口の脇には籬《まがき》と石灯籠《いしどうろう》が置いてあった。高級な料亭らしい落ち着いたたずまいである。

掛行灯に桔梗屋《ききようや》と記してあった。

……酒を飲みにきたんじゃァねえな。

八吉は、密談のためではないかと思った。当然、相手は闇一味ということになろう。

桔梗屋の前は掘割になっていたが、半町ほど先にちいさな桟橋があった。八吉は桟橋につづく石段を下りてかがみ込み、桔梗屋に目をやった。玄関先がよく見える。店先を見張るにはいい場所だった。

しばらく見張っていると、ひとり、ふたりと客が店に入っていった。大店の主人や番頭ふうの男が多かったが、武士や遊び人ふうの男もいた。ただ、闇が深くなってきたし、玄関先が遠かったので、顔付きや雰囲気などは分からなかった。闇一味かどうかもまったく分からない。

八吉は腹がすいてきたが、そこから離れなかった。三島が店から出てくるまで待つつもりだった。

一刻半（三時間）も経《た》ったろうか、桔梗屋の玄関先で華やいだ女の声がし、女将《おかみ》や女中に送られて男たちが出てきた。四人いる。

……三島だ。

ひとりは三島だった。もうひとりは、商家の旦那ふうの男、後のふたりは町人体だった。町人体のふたりは角帯で縞柄の着物を着流していた。ひとりは小柄で、もうひとりは中背でがっちりした体軀だった。ふたりとも職人や店者《たなもの》には見えなかった。真っ当な仕事をしている男ではないようだ。

男たちは玄関先で女たちと言葉をかわしていたが、どっと笑い声が起こり、それを機に三島と町人体の男がふたり、戸口を離れて通りへ出た。商家の旦那ふうの男は、女たちといっしょに店にもどってしまった。あるいは、店の主人が女将といっしょに三人の客を送り出したのかもしれない。

三人は足早に日本橋川の方へ歩いていく。八吉は軒下闇や物陰をつたいながら慎重に尾けた。今夜は気付かれずに尾行して仲間の塒をつきとめたかった。

日本橋川沿いの道へ出ると、三人が三方に別れた。三島は日本橋の方にむかい、小柄で敏捷そうな男が箱崎橋の方へ、もうひとり中背でがっちりした体軀の男は米河岸の方へ歩いていく。それぞれ自分の塒にもどるのではあるまいか。

……どっちを尾ける。

咄嗟に、八吉は米河岸の方にむかった男を尾けることにした。小柄な男より腰が据わり、仲間のなかでも兄貴格ではないかと思ったからである。

中背の男は一町ほど先を歩いていた。人影のない通りを、足早に神田方面に歩いていく。

男は掘割にかかる道浄橋を渡り、小伝馬町《こでんまちょう》をしばらく歩くと右手にまがり、せまい裏路地に入っていった。ごてごてと裏店や長屋などがつづく通りだった。その通りへ入ると、急に辺りが暗くなったような気がした。月明りでぼんやりと細い通りが浮き上がったように見える。

通り沿いの家並から洩れてくる灯もなく、ひっそりと夜陰のなかに沈んでいる。八吉は足音をたてないよう忍び足で尾けた。

その路地を一町ほど歩いたとき、男は板塀をめぐらせた家の前で足をとめた。借家らしいこぢんまりした家屋である。

男は戸口の木戸をあけて家のなかへ入っていった。どうやら、この家が男の塒のようである。

八吉は板塀の陰へ近寄り、板の隙間からなかを覗いてみた。家のなかから床板を踏むような足音や障子をあける音などが聞こえ、障子が明らんだ。行灯に灯を入れたらしい。話し声は聞こえなかった。独り住まいのようである。

……今夜のところは、これまでか。

八吉は足音を忍ばせて板塀の陰から離れた。

6

翌日、八吉は小伝馬町へ行き、男の塒の近くで聞き込んだ。まず、男の身辺を洗ってみようと思ったのである。

　表通りから裏路地に入る角に桶屋があった。

「ごめんよ」

　腰高障子をあけると、杉の木の香りがした。土間で半裸の男が、桶に竹の輪のたがを嵌《は》めていた。

「桶かい」

　四十がらみの赤ら顔の男が、木槌《きづち》を手にしたまま振り返った。

「ちょいと、訊きたいことがあってな」

　八吉は、手間をとらせてすまねえ、と言って、男の脇に並べてある小桶の底に銭を置いた。

「それで、何が訊きてえんだ」

　男は愛想笑いを浮かべて訊いた。わずかだが、袖の下がきいたらしい。

「路地の先に板塀をめぐらせた借家があるだろう」

「ああ」

「おれが、むかし世話になった男の塒がこのあたりだと聞いてきたんだがな。名はなんてえんだい」

「義平《ぎへい》といったかな」

「義平な……」

本当の名かどうか、疑わしかった。闇一味なら偽名を使うだろう。

「いつごろから、あそこに住むようになったんでえ」

八吉は世間話でもするような口調で訊いた。

「三年ほど前かな」

男は手にした木槌で桶のまわりの木板をコッコッたたきだした。木板をそろえているらしい。

「独り者かい」

「そうだ。ときどき色っぽい年増が出入りしてるようだが、泊まっちゃァいかねえようだよ」

男は木槌を下ろして口元に卑猥な笑いを浮かべた。

「いいご身分らしいが、仕事は何をしてる?」

「知らねえなァ。得体の知れねえ男で、近所付き合いはまったくねえんだ。女たちは怖がって近付かねえよ」

そう言って、男は顔をしかめた。

「おれの知り合いじゃァねえようだな」

八吉は、闇一味にまちがいないと確信した。

桶屋に礼を言って外へ出ると、八吉は板塀をめぐらせた家の方へむかった。今日から、三島ではなく、義平と名乗っている男を見張ろうと思ったのである。

板塀の近くまで来て周囲に目をやると、家の斜向《はす》かいにちいさな稲荷《いなり》があり、祠《ほこら》の脇に深緑を茂らせた、幹が一抱えほどの樫《かし》があった。樫の陰にまわれば、身を隠して義平の住む家が見張れそうである。

八吉が樹陰にひそんで、一刻（二時間）ほどしたとき、町人体の男がひとり路地を歩いてきた。その姿に見覚えがあった。昨夜、桔梗屋を出てから日本橋川沿いの道で別れた小柄な男である。

男は戸口に立つと、引き戸をあけてなかに声をかけた。なかで、何やら返事したらしいが、八吉の耳にはとどかなかった。

小柄な男は家に上がったらしく、すぐには出てこなかった。

何を話してるのか、八吉は盗聴したいと思った。

……板塀に張り付けば、聞こえるな。

そう思って、八吉は樫の樹陰から出て、そろそろと板塀へ近付いた。そこは通りから丸見えなので、別の仲間があらわれると見つかってしまうが、そのときは逃げればいいと八吉は思った。

八吉が板塀に身を張り付けてすぐだった。

引き戸をあける音がし、小柄な男が出てきた。つづいて、義平と名乗る男も姿を見せた。ふたりで、どこかへ出かけるらしい。

「早《はえ》え方がいい。町方が嗅ぎまわってるらしいからな……」

義平が言った。

「へい、頭も、今度ばかりはしばらく身を隠した方がいいかもしれねえと言ってやしたぜ」

小柄な男が義平の後に跟《つ》いて路地へ出ながら言った。近くの板塀で聞き耳を立てている八吉には気付かないようだ。

八吉は、ふたりのやり取りから闇一味だと確信した。

「仙蔵の兄い、今日はどこへ行きやす」

小柄な男が訊いた。

義平と名乗っている男は、久兵衛の片腕、黒犬の仙蔵である。やはり、この家が仙蔵の隠れ家なのだ。

「銀、やっぱり日本橋だろうな。今度は、大金のある店を狙おうじゃァねえか」

仙蔵が低い声で言った。

銀と呼ばれた男は鳶の銀助だろう、と八吉は思った。

仙蔵と銀助は小伝馬町から日本橋通りへ出た。そこは日本橋本町で、この辺りは売薬店や薬種問屋が多く、薬の名を記した屋根看板や立て看板がやたらと目についた。

通りは武家、町娘、子供連れ、ぼてふり、僧侶……、様々な身分の者たちが行き交い、にぎわっていた。

仙蔵と銀助は通りの両側に目をやりながら、ぶらぶらと歩いていく。ときどき、土蔵造りの店舗のなかを覗いたり、店の周囲を見まわしたりしていた。

そうやっていても、ふたりに不審の目をむける者はいなかった。傍目《はため》には、店に入ろうかよそうか迷っているように見えたからである。

……やつら、何をしてやがる。

八吉には、ふたりが暇潰しに歩いているとは思えなかった。何か目的があってのことである。

ふたりは室町へ来ると、日本橋通りから脇道に入った。やはり、通りの左右の店に目をやりながら歩いていく。呉服屋、太物問屋、両替屋などの店舗が軒をつらねていた。ただ、脇道でもあり駿河町の三井呉服店のような特別な大店はなく、中堅どころの店が多いようである。

ふたりは四辻の角にある両替屋を覗き、路傍をゆっくりと歩きながら四辻の左右に目をやっていた。

そのとき、八吉は、

……やつら、押し込み先を探しているのだ！

と、察知した。

金のありそうな店、奉公人の人数、侵入口、逃走経路……。そうした視点で店を見て歩いているのではあるまいか。

ふたりは伊勢町まで来ると引き返し、また日本橋通りへもどった。そして、来た道を小伝馬町の方へもどっていく。仙蔵の塒に帰るらしい。

そのとき、石町の鐘が鳴った。暮れ六ッ（午後六時）である。陽が沈み、町筋は淡い暮色に染まり始めていた。行き交う人々は、迫り来る夕闇に急《せ》かされるように足早に通り過ぎていく。

途中、ふたりは小伝馬町の一膳めし屋に入っていった。酒でも飲むつもりなのだろう。

八吉は店の前まで行ったが、入らずにそのまま通り過ぎた。店内が狭かったので、気付かれる恐れがあったからである。

八吉はそれ以上深追いせず、そのまま豆菊へもどった。

7

隼人が庄助を連れて木戸門から通りへ出ると、路傍に八吉が立っていた。八吉は隼人の姿を目にすると、すぐに走り寄ってきた。

「八吉か、声をかければいいのに」

隼人が足をとめて言った。八吉は、隼人の家に来ても遠慮して門から入りたがらないのだ。

「そろそろ、旦那が出てくるころだと思いやしてね」

そう言って、八吉は苦笑いを浮かべた。

「何か、つかんだか」

隼人は歩き出しながら訊いた。

「一味の何人かは、姿が見えてきやした」

八吉は隼人のすぐ後ろに跟いてきながら小声で言った。気負った様子もなく、いつもと変わらぬ顔である。

「話してくれ」

「へい、黒犬の仙蔵と鳶の銀助の塒が分かりやした」

八吉は、その後も仙蔵の住居を見張り、あらわれた銀助の跡を尾けてその塒をつきとめていたのだ。

銀助の住居は、小伝馬町から遠くない神田松田町にある桃蔵《ももぞう》長屋と呼ばれる棟割り長屋だった。

八吉から話を聞いた隼人は、満足そうにうなずいた。

「さすが、八吉だ。これで、闇一味三人の塒をつかんだことになるな」

隠れ家の分かったのは、三島藤十郎、黒犬の仙蔵、鳶の銀助である。

「ですが、肝心の久兵衛の塒が分からねえ」

八吉は渋い顔をして言った。

「うむ……」

捕方を三手に分け、同時に襲えば、三島、仙蔵、銀助の三人は捕縛できるかもしれない。

だが、肝心の頭目である久兵衛、錠前破りの惣十、つなぎ役の万次郎の三人は姿を消してしまうだろう。そして、別の仲間をくわえてふたたび闇一味として、江戸市中を跳梁するかもしれない。それでは、闇一味を捕らえたことにならないのだ。

……それにしても、久兵衛の姿が見えてこねえな。

隼人は不思議な気がした。闇一味の仲間の姿は見えてきたのだが、頭目である久兵衛がまったくつかめない。まさに闇久兵衛の名のごとく、江戸の闇のなかにひそんで姿を見せないのだ。

「なんとか、久兵衛を捕りてえものだ」

綾次に親の敵を討たせるためにも、久兵衛を取り逃がしたくなかった。

「それに、気になることがありやす」

八吉が声をひそめて言った。

「気になるとは」

「どうやら、押し込み先を探してるようなんで」

八吉は、仙蔵と銀助が押し込み先を探して日本橋界隈を歩きまわっていたことを話した。

「町方をなめてやがる」

隼人は苦々しい顔をした。

「それが、そうでもねえようなんで……。闇一味も町方の手が迫ってるのを感じてるらしく、しばらく身を隠した方がいいと言ってやした」

「うむ……」

「あっしが思うには、今度の押し込みで大金を手にし、江戸から高飛びする気じゃァねえかと」

「となると、次の押し込みまでが勝負か」

隼人が虚空を睨みながら言った。

「そういうことになりやす」

「八吉、ともかく仙蔵たちの跡を尾けてくれ。久兵衛の所在が分かれば、一気に捕る手もある」

「承知しやした。……それで、旦那、利助と綾次をしばらくあっしが使ってもいいですかい」

八吉は、仙蔵、銀助、三島の三人を尾けるには手が足りないことを言い添えた。

「そうしてくれ。ただ、手は出すなと、八吉からも釘を刺しておいてくれ」

特に綾次は、両親を手にかけた仙蔵を目《ま》の当たりにしたら、すぐにも敵を討つ気になるかもしれない。

「へい、よく言ってきかせやす」

そう言うと、八吉は隼人に頭を下げ、その場から走り去った。まだまだ足腰は丈夫のようである。

その日、隼人は南町奉行所に出仕すると、同心詰所で天野に会い、探索の様子を訊いた。

ここまで来ると、下手に手を出して闇一味に逃走されたくなかったのである。

「それが、長月さん、惣十らしい男は姿を見せないんです」

天野は苦渋の顔をして言った。

隼人は、惣十の塒が本所相生町の伝兵衛長屋であることや竪川沿いで四人の闇一味に襲われたことなどを天野に話したのだ。すると、天野は手先を使って、伝兵衛長屋を見張らせるとともに、相生町周辺を虱潰しに調べさせたのである。

「ともかく、闇一味の立ち入りそうな賭場や岡場所をあたってみてくれ」

隼人は、仙蔵たち三人の所在がつかめたことは口にしなかった。一味を捕縛するときには話すが、それまでは手をつっ込んで欲しくなかったのである。

「分かりました」

「それに、仲間に腕のいい武士がいるようだ。油断するなよ」

隼人を襲ったことを考えれば、天野にも手を出すかもしれないのだ。

「分かりました」

天野は顔をひきしめて言った。

第五章　桔梗屋

1

八吉は、仙蔵の住む家のそばの稲荷にいた。樫の樹陰から、仙蔵を見張っていたのである。八吉がここに身をひそめるようになって、五日目だった。

仙蔵は銀助といっしょに日本橋方面に押し込み先の下見に行った後、ほとんど家から出なかった。近所のそば屋や一膳めし屋に、めしを食いに行くだけである。家へ訪ねてくる者もいなかった。どういうわけか、銀助も姿を見せなくなった。

その銀助を、利助と綾次が見張っていた。ふたりから話を聞くと、やはり銀助もほとんど長屋を離れないという。

その動きのなさが、八吉にはかえって不気味だった。

……町方の動きをうかがっているにちげえねえ。

そして、今度動くときは押し込みに入るときだろう、と八吉は読んでいた。

この日も、八吉は二刻（四時間）ほども樹陰にひそんでいたが、仙蔵は外にも出てこなかった。

すでに、陽は西にまわり、樹陰にかがんでいる八吉の足元にも淡い西陽が射し込んでいた。そろそろ七ッ（午後四時）ごろであろう。

今日も無駄骨か、と八吉が思い始めたときだった。足音がして、路地に人影があらわれた。銀助である。銀助は仙蔵の家の戸口で立ち止まり、周囲に目をやってから引き戸をあけてなかへ入っていった。

八吉が板塀のそばに移ろうと思ったとき、路地に別の人影があらわれた。利助と綾次である。銀助の跡を尾けてきたらしい。

八吉は急いで樹陰から出ると、足音を忍ばせて路地の方へむかった。その八吉の姿に気付いた利助が、すぐに綾次を連れてそばに近寄ってきた。

「親分、ここで見張ってたんで」

「声を出すな。こっちへこい」

八吉は、ふたりを樫の樹陰に引っ張っていった。仙蔵たちに目撃されたら、いままでの苦労が水の泡である。

「仙蔵と銀助は、家のなかにいる。出てくるまで待つんだ」

「へい」

ふたりは同時に答えた。

だが、待つまでもなかった。利助と綾次が樹陰にかがみ込むとすぐ、戸口に仙蔵と銀助が姿をあらわしたのだ。

ふたりは路地をたどり、表通りの方へむかっていく。

「ふたりを尾けるが、利助と綾次はおれの跡を尾けろ。いいか、おれが呼ぶまで近付くんじゃァねえぞ」

めずらしく、八吉はきびしい顔で言った。三人そろって尾けたら、すぐに気付かれてしまうのだ。

「分かりやした」

利助が答え、綾次もうなずいた。

八吉は仙蔵たちから一町ほども間をとって、路地へ出た。板塀や家の陰に身を隠しながら巧みに尾けていく。その八吉からさらに半町ほど間をおいて、利助と綾次がついてきた。

先を行く仙蔵たちは、小伝馬町から日本橋通りへ出た。以前、八吉が尾けたときと同じ道筋である。

ふたりは、日本橋本町の売薬店や薬種問屋の多い通りを足早に歩いていく。この前と同じ道筋だが、今日は建ち並ぶ店舗を覗いたり、路傍に立って通りを眺めたりはしなかった。行き来する通行人の間を縫うようにして歩いていく。

そして、大きな土蔵造りの薬種問屋の前まで来ると、店先を覗きながら通り過ぎ、すこし離れた路傍に足をとめた。ふたりで立ち話でもするようなふりをして、チラチラと薬種問屋に目をやっている。

店の立て看板には、薬名とともに水木屋《みずきや》という屋号が記してあった。

……水木屋に押し入る気だな。

八吉は押し込み先を絞ったのではないかと思った。

ふたりは、いっとき路傍に立って水木屋に目をやっていたが、やがて日本橋の方へ歩き出した。

そして、二町ほど歩くと、また路傍に足をとめた。呉服屋の天水桶の陰に立って通りに目をやっている。

ふたりが見ているのは、呉服屋の斜向かいにある松川屋《まつかわや》という太物問屋だった。

……松川屋もそうか。

八吉は、水木屋だけでなく松川屋も狙いの店らしいことを察知した。二店に侵入するとは考えられなかったので、どちらにするか決めかねているのかもしれない。

いっときすると、ふたりは日本橋通りを引き返し始めた。八吉は慌てて、ちかくにあった細い路地へ入った。利助と綾次も、どこかに身を隠して仙蔵たちをやり過ごすはずである。もっとも、通りは大勢の老若男女が行き交っていたので、よほどでなければ気付かれないだろう。

ふたりは八吉の前を通り、小伝馬町の方へもどっていく。

八吉は、ふたたび仙蔵たちの跡を尾け始めた。利助と綾次は呉服屋の天水桶の陰に身をひそめていた。ふたりもうまくやり過ごしたようである。

八吉は天水桶の陰に近寄り、

「おれの後をついてきな」

と利助に伝えて、また歩きだした。

陽が沈み、表店の軒下や物陰などに夕闇が忍んできていた。小天馬町の通りは、静かだった。ぽつぽつと人影があったが、板戸をしめている表店も多い。ちかくに長屋でもあるのか、引き戸をあけしめする音、子供の泣き声、女の罵《ののし》るような声などが聞こえてきた。路地裏なら、どこででも耳にする夕暮れどきの長屋の喧騒である。

仙蔵と銀助は、以前と同じ一膳めし屋に入っていった。一杯やりながら、下見してきた店のことを話すつもりかもしれない。これ以上、尾行する必要はなかった。

八吉は路傍に立って、利助と綾次を手招きした。

駆け寄ってきたふたりに、

「今夜は、これでおしめえだよ。おれたちも、店に帰って一杯やろうじゃァねえか」

八吉はそう言って、歩き出した。

すぐ後ろから、利助と綾次が跟いてくる。

2

居間から出てきた隼人の姿を見て、おたえが目を剝いた。

隼人は縦縞の着物を尻っ端折りし股引に手甲脚半で、ちいさな風呂敷包みを背負っていた。腰に脇差を差し、手には菅笠を持っている。旅の行商人のような格好である。ただ、髷は八丁堀ふうだったので、菅笠をかぶって隠すつもりなのだろう。

隠密同心は、ときには支配外である武家屋敷や寺社地などにも侵入し、探索することがあった。そのため隼人の家には、中間、雲水、行商人などに変装する用意がしてあったのである。たまたまおたえが嫁に来てから、町人体に変装するようなことはなかったので驚いたらしい。

「なに、ときには、こうやって姿を変えて町を見まわることもあるのさ。八丁堀同心と分かれば、みな用心して口をつぐんでしまうからな」

隼人がそう言うと、

「おかしい」

と言って、おたえは口に手をあててクスクスと笑った。

「では、いってくる」

隼人はわざと威厳のある口調で言い置き、ひとりで通りへ出た。

昨日、隼人は八吉に会ってその後の様子を聞いた。そのとき、八吉は闇一味が日本橋本町の水木屋と松川屋のどちらかに押し込みそうだと告げたのである。

「すぐにか」

隼人が訊いた。押し込むのを黙って見逃すことはできない。場合によっては、仙蔵たち三人だけでも捕縛しなければならないと思ったのである。

「今日、明日ということはねえはずです」

八吉が小声で言った。確信はなさそうである。

「ところで、八吉、一味が集まった様子はあるか」

「ありません」

八吉はきっぱりと言った。

「そうか。……押し込む前に、一味はかならずどこかに集まって手筈を相談するはずだがな」

隼人は、押し入るのはその後だろうと思った。

「あっしもそう思いやす」

「ならば、久兵衛の隠れ家をつきとめるいい機会かもしれんぞ」

押し込む相談には、頭目である久兵衛がかならず姿をあらわすはずだ、と隼人は思った。

「仙蔵と銀助を泳がせて、尾けやしょう」

「おれもやる」

「旦那が」

八吉が驚いたような顔をして隼人を見た。町方同心が張り込みや尾行をすることはまれなのである。

「もうひとり、三島がいるだろう。しばらく、おれが三島を尾けてみよう」

隼人は、三島も闇一味の密談にくわわるはずだと思った。

「それじゃァあっしらが、仙蔵と銀助を尾けやす」

そう言い残して、八吉は帰ったのである。

八丁堀を出た隼人は、八吉から聞いていた南小田原町の仕舞屋のそばへ行った。そして、戸口の前を通りながら耳を立て、なかで物音がするのを聞いてから半町ほど離れた空地の笹藪に身を隠した。そこも八吉から聞いておいた場所である。

七ツ(午後四時)ごろだった。押し込みの密談となれば、暗くなってからだろうと思い、陽が西にまわってから来たのである。

隼人は藪のなかに身をかがめて、仕舞屋の戸口に目をむけていた。陽がかたむき、藪は蜜柑《みかん》色の夕陽につつまれている。風のない日だった。藪の雑木は新緑におおわれ、初夏の大気にむっとするような熱気があった。

やがて隼人の周囲にも、淡い夕闇が忍んできた。そろそろ暮れ六ッ(午後六時)である。

そのとき、引き戸をあける音がし、戸口に大柄な武士体の男が姿をあらわした。三島である。三島は足早に西本願寺の方へ歩いていく。

隼人は藪から出て、三島の跡を尾け始めた。隼人は三島との間を一町ほどとった。隼人は菅笠をかぶり、風呂敷包みを背負っていた。どこから見ても、行商人のように見える。後ろを振り返っても、尾行されているとは気付かないはずだが、念のためである。

三島は西本願寺の門前を通って東海道へ出ると、日本橋の方に足をむけた。

……成田屋かな。

隼人は、八吉から三島は京橋のたもとの一膳めし屋に酒を飲みに行くことがあると聞いていた。

だが、成田屋ではなかった。三島はそのまま京橋を渡ったのである。さらに、日本橋通りを日本橋の方へ歩いていく。

三島は日本橋を渡ると右手にまがり、魚河岸を通り抜けて小網町の料理屋に入っていった。桔梗屋である。

……ここが、一味の密会場所のひとつかもしれぬ。

と、隼人は思った。八吉から以前桔梗屋に三島、仙蔵、銀助の三人が集まったと聞いていたからである。

周囲に目をやると、半町ほど先に桟橋があった。隼人は桟橋へつづく石段で桔梗屋の店先をしばらく見張ろうと思った。

その石段に先客がいた。利助と綾次である。隼人の顔を見て、ふたりは目を丸くした。

「旦那、その格好は」

利助が訊いた。

「八丁堀の格好じゃァ、目についていけねえ。それで姿を変えたのよ」

隼人は菅笠を取った。

「それなら、旦那だとはだれも思わねえや」

綾次が感心したように言った。

「それより、おめえたちは、どうしてここいる」

「銀助のやろうを尾けてきたら、桔梗屋に入ったんでさァ。それで、ここに」

「おれは、三島を尾けてきたのさ」

やはり、今夜一味は桔梗屋に集まるようだ、と隼人は思った。

3

隼人が桟橋へ来て小半刻（三十分）ほど経つと、今度は八吉が姿を見せた。八吉は仙蔵を尾けてきたという。

「久兵衛も来るはずだ」

隼人は店先に目をやりながら言った。

だが、久兵衛らしい男はなかなか姿を見せなかった。旗本らしい武士、遊び人ふうの男などが、何人か店に入っていったが、佐吉を拷訊したときロにした、四十がらみで小柄な男、に該当する者がいなかったのである。

隼人がその場に来てから、一刻半（三時間）ほども経った。頭上に十六夜《いざよい》の月が皓々《こうこう》とかがやいている。

「旦那、裏口から入《へえ》ったのかもしれやせんぜ」

八吉が小声で言った。

「そうかもしれんな」

当然、店の裏にも戸口はあるだろう。何か理由をつけて、裏口から入ったことも考えられる。

「旦那、出てきやすぜ」

利助が声を殺して言った。

見ると、玄関先に数人の人影があらわれた。女将と女中らしい女に送られて、三島たちが出てきたのだ。男が五人もいた。三島と町人体の男が三人、それに縞柄の着物に黒羽織姿の商家の旦那ふうの男がいた。

「三島と出てきた小柄なやつが銀助、その脇にいる腰の据わった感じのするやつが仙蔵ですぜ」

と、八吉が言った。

「もうひとりの町人体の男は、惣十だろう」

利助から聞いていた三十がらみで、すこし猫背だという男に該当する。

「ところで、あの黒羽織の男は」

隼人が聞いた。四十がらみで、小柄な男である。

「あの男、この前もいやした。そのまま店にもどりやしたから、桔梗屋のあるじじゃねえですかね」

八吉が言った。

「あるじな……」

そのとき、ふいに隼人は、佐吉を拷訊したおり、親分のとこの酒は旨え……飲み屋か料理屋をやってるんじゃァねえかと、口にしたのを思い出した。

……やつが、久兵衛だ！

隼人は確信した。

四十がらみで小柄、商家の旦那ふうの格好をしているという点も合う。それに、料理屋のあるじなら、客を装って集まる手下とも会える。押し込みの密談も、自分の家で好きなようにできるのだ。

ただ、拷問で口を割った佐吉によると、盗みに入る前の密談はその都度、場所を変えていたということだったので、桔梗屋を使うのは初めてなのかもしれない。

「あるじが久兵衛かもしれねえぜ」

と、隼人が言うと、八吉がハッとしたような顔をして、

「そうか！　やつか」

　と言って、黒羽織の男を見つめた。八吉も思い当たったらしく、その目には確信の色があった。

　それを耳にした綾次が、

「ちくしょう、旦那面《づら》しやがって」

　と言って、憎悪に目をひからせ、桔梗屋の方へ歩き出そうとした。

「ばか、いま飛び出したら、みんな逃げちまうぜ」

　八吉が、慌てて綾次の肩を押さえた。

　綾次はくやしそうな顔をして黒羽織の男を見つめている。

「だ、旦那、どうしやす。やつら、いっちまいやすぜ」

　利助が腰を浮かせて言った。

　黒羽織の男を店先に残して、四人の男が日本橋の方へ歩いていく。いま、ここにいる四人で闇一味を捕らえることはできない。飛び出せば、八吉の言うように逃げ散ってしまうだろう。

「八吉、惣十だけを尾けてくれ」

　他の三人の塒は分かっていた。尾けるまでもないのだ。それに、何と言っても尾行の腕は八吉が上である。

「承知しやした」

そう言い置いて、八吉が石段から通りへ出ていった。

隼人たち三人も、しばらく八吉の後ろから尾けた。三島たち三人は、日本橋川沿いの道で、それぞれ三方に別れた。八吉は惣十の跡を尾けていく。その後ろ姿を目にして、隼人たちも帰ることにした。

「今夜のところは、引き上げよう」

「へえ……」

綾次の顔には不満そうな色があった。久兵衛をこのままにして、帰りたくないのであろう。

「綾次、親の敵を討ちたかったら、はやまるんじゃァねえぜ」

隼人は、利助にもこのまま帰るように念を押して、ふたりと別れた。

4

翌日、隼人は日本橋伊勢町に出かけた。伊勢町には、松原屋《まつばらや》という老舗《しにせ》の料理屋がある。その松原屋の主人から、隼人は桔梗屋のことを訊いてみようと思ったのだ。伊勢町と桔梗屋のある小網町はちかかった。同業者なら、桔梗屋の主人のことも知っているはずである。

松原屋に着いたのは、四ッ（午前十時）ごろだった。まだ、暖簾は出ていなかった。

隼人は玄関の格子戸をあけ、奥に声をかけた。

土間の右手奥に帳場があり、そこに女将らしい年増がいて、隼人の姿を見ると、慌ててそばに来た。隼人は、黄八丈の小袖に巻き羽織という一目で八丁堀同心と分かる格好で来ていたのだ。

「女将さんかい」

隼人が訊いた。

「はい、静江《しずえ》ともうします。何か、ご用でございましょうか」

女将は不安そうな顔で訊いた。無理もない。突然、八丁堀同心が店に入ってくれば、臑《すね》に疵のない者でも不安になるだろう。

「あるじに訊きたいことがあってな。なに、店やあるじにかかわりのあることじゃァねえから心配することはねえぜ」

そう言うと、隼人は腰に帯びた兼定を鞘ごと抜いて、上がり框に腰を下ろした。

「すぐに、呼んでまいります」

静江は慌てた様子で奥へひっ込み、初老の男を連れてもどってきた。ふっくらした頬で、艶《つや》のある肌をしていた。福相の主である。細縞の着物に羽織姿で、角帯に上物そうな莨入《たばこい》れを差していた。

「あるじの源兵衛《げんべえ》でございます」

源兵衛は上がり框のそばに膝を折ると、満面に笑みを浮かべて言ったが、隼人にむけられた目には不安そうな色があった。

「てえしたことじゃァねえんだ。ちょっとした騙《かた》りがあってな。それで、訊きにきたのよ」

隼人は適当な口実を作った。

「何でございましょうか」

「小網町に桔梗屋という料理屋があるのを知ってるかい」

「はい、存じておりますが」

「その桔梗屋のことだが、あるじの名は?」

「たしか、嘉右衛門《よしえもん》さんだったと」

源兵衛は訝《いぶか》しそうな顔をした。桔梗屋のことが知りたいなら、桔梗屋に行って訊けばいいのに、と思ったのかもしれない。

「嘉右衛門な」

隼人は、どうせ偽名だろうと思った。

「嘉右衛門が桔梗屋を始めて長いのかい」

「いえ、まだ、五年ほどですよ。それまでね、房五郎《ふさごろう》さんという方がやってたんですが、病で亡くなりましてね。その後、嘉右衛門さんが店を居抜きで買い取り、商売をつづけられているわけでして」

源兵衛は愛想笑いを消して言った。その顔には、揶揄するような表情があった。あまり嘉右衛門のことをよく思っていないようである。

そのとき、静江が茶道具を持って、ふたりのそばに来た。隼人は口をつぐみ、静江が湯飲みに茶をついで立ち去るのを待ってから、

「あれだけの店だ。相当値が張ったことだろう。桔梗屋のあるじにおさまるまで、嘉右衛門は何をやってたんだい」

と、湯飲みに手を伸ばしながら訊いた。

かなり身代のある者でなければ、居抜きで買うなど無理である。もっとも、闇久兵衛なら別だ。押し込みで奪った金を使えばいいのである。

「さァ、存じませんが……。ただ、料理屋をやっていたわけではないようですよ」

源兵衛によると、料理屋のことは素人で、当初は房五郎が使っていた包丁人や女中など

をそのまま雇ったという。

「女将は」

「お島《しま》さんといいます。柳橋の料理屋で女中をしてたようです。嘉右衛門さんのこれですよ」

源兵衛は、卑猥な笑いを浮かべて小指を立てた。

それから隼人は嘉右衛門についていろいろ訊いたが、嘉右衛門が闇久兵衛かどうかははっきりしなかった。ただ、嘉右衛門の素性が知れぬことや桔梗屋を買い取るには多額の金が必要だったことなどを考え合わせると、疑いはますます濃くなった。

隼人は松原屋を出ると、掘割沿いの道を通り、江戸橋を渡って八丁堀へむかった。屋敷の近くまで来ると、駆け寄ってくる利助の姿が見えた。

慌てていた。かなり急いできたと見え、顔が真っ赤である。

「だ、旦那、どこへ行ってたんです」

利助が息をはずませて言った。

「どうした」

「お、親分に、すぐに旦那を連れてこいと言われて、いろいろ探したんですぜ」

「何があったんだ」

「親分が言うには、今夜あたり闇一味が動くんじゃァねえかと」

八吉が見張っている一味の者に、その兆候があったのかもしれない。

「八吉はどこにいる」

すぐに会って確認し、手を打たねばならない。

「小伝馬町の稲荷に」

「仙蔵の塒のそばだな」

隼人は、八吉から仙蔵の住む家のそばに稲荷があって、そこに身をひそめて見張っていると聞いていた。

「へい、綾次もそこにおりやす」

「行くぞ」

八丁堀から小伝馬町まで、そう遠くはない。八吉から話を聞いてから、手を打てば間に合うだろう。

5

「旦那、呼び付けちまってもうしわけねえ」

八吉は首をすくめて言った。

八吉と綾次が、稲荷の樫の樹陰に身を隠していた。

「いいってことよ。それより、家にはだれがいる」

隼人は八吉の脇にかがみ、仙蔵の住む家に目をむけた。

「三人おりやす。仙蔵、銀助、それに青《あお》っ白《ちろ》い顔をした遊び人ふうの男がひとり、そいつがつなぎ役の万次郎のようで」

八吉によると、今朝早く銀助と万次郎がこの家に姿をあらわしたという。

昨夜、八吉は桔梗屋から出た惣十の跡を尾けた。惣十はだれとも会わず、そのまま米沢町の両国橋ちかくの長屋に入っていった。

古い棟割り長屋だった。惣十は相生町の長屋から姿を消した後、遊び仲間の住居へでももぐり込んだのだろう、と八吉は思った。

八吉はそのまま豆菊へもどり、今朝早くから、利助と綾次も使って仙蔵や銀助を見張った。それというのも、八吉の胸にはそろそろ闇一味が動くのではないかという読みがあったからである。

「四ッ（午前十時）ごろ、銀助が植木屋のような身装《なり》で短《みじ》え梯子を持ってここに来やした。それで、押し入るのは今夜かもしれねえ、と思いやして」

「まちげえねえな」

昨夜の桔梗屋での密会は、押し込みの手筈を伝えたのであろう。そうなると、やはり嘉右衛門が久兵衛とみていいようである。

隼人は顔を上げて、周囲に目をやった。

さわさわと樫の葉叢《はむら》が揺れていた。それほど強くはないが風もある。それに、闇一味も町方の手が迫っていることを知り、強風の吹く夜を待ってはいられないのかもしれない。一味も早く金を手にして、江戸から逃走したいはずだ。

「旦那、どうしやす」

八吉が訊いた。利助と綾次も、隼人に視線を集めている。

「うむ……」

佐吉を除いた闇一味六人、その所在をつかんだ。

頭目の久兵衛は嘉右衛門とみていい。三島は南小田原町に、仙蔵、銀助、万次郎の三人は目の前の家に、惣十は米沢町の長屋にいるらしい。捕方を差し向ければ、捕らえることができるだろう。

「捕方を四手に分けねばならぬな」

一気に捕縛しなければ、逃走されるだろう。捕方を四手に分けて、同時に奇襲せねばならない。

……むずかしい。

と、隼人は思った。

大勢の捕方を集め、指揮する与力の出役《でやく》を願わねばならない。町方の動きに目を配っている闇一味に気付かれる恐れがある。

それより、闇一味は今夜集まり、日本橋本町の水木屋か松川屋に押し込むことが分かっているのだ。そのとき、一気に捕縛した方がいい。幸い、二店はそれほど離れていなかった。町方を一か所に集めておいて、押し入った一味をその場で捕縛すれば一網打尽にできるではないか。

「今夜、捕ろう」

隼人が強い口調で言った。

隼人はその場に利助を残し、何かあったら知らせろ、と言い置き、八吉と綾次を連れて稲荷を離れた。

八丁堀へむかう途中、隼人は八吉に夕方まで桔梗屋のあるじを見張るよう頼んだ。

「それで、旦那は」

八吉が訊いた。

「町方を集める手筈をする。それに、水木屋と松川屋にも手を打っておくつもりだ」

そう言うと、隼人は綾次を連れて足早に八吉のそばを離れた。

隼人は、綾次を八丁堀の屋敷に連れていった。

「綾次、縁先で待っていろ」

そう指示して、隼人だけ屋敷へ入った。

綾次は何事かと、神妙な顔をして庭先にまわって隼人が来るのを待っていた。いっときすると、隼人が縁先にあらわれた。手に捕り縄と十手を持っている。

「綾次、おめえ、両親《ふたおや》の敵が討ちたかったんだな」

「へい」

「いよいよ、今夜、敵を討つことになる」

「…………！」

綾次は目を剝いて、隼人の顔を見つめた。その顔に期待と不安が交錯している。

「ただ、おまえの敵討ちは、刃物で命を奪うことではない。おまえの手で闇一味を捕れば敵を討ったことになるのだ。闇一味は、おまえが殺さなくともまちがいなく獄門晒首だからな」

「はい」

綾次は隼人を見つめたまま強い声で答えた。顔をこわばらせていたが、その目には強い意志と怒りのひかりがあった。

「闇一味は六人いる。おまえがひとりで、六人お縄にすることはできない。そこで、おまえは頭目の久兵衛を召し捕れ」

隼人が言った。

「は、はい」

綾次は目をしばたたかせ、歯を食いしばった。胸に衝《つ》き上げてくる強い感情に耐えているようだ。

「これはな、久兵衛を縛る縄だ。そして、この十手は、今日からおれの手先として働いてもらうための物だ」

そう言って、隼人は捕り縄と十手を綾次の膝先に置いた。

十手は岡っ引きや下っ引きなどが持つ一尺四寸ほどの六角棒身で、房の付いていない物である。

「あ、ありがとうごぜえやす」

綾次は絞り出すように言い、押し頂くように十手と捕り縄を手にした。

隼人は綾次に十手と捕り縄を渡すと、すぐに八丁堀の屋敷を出た。そして、南町奉行所へ行き中山次左衛門に会って、緊急ゆえ、お奉行に拝謁したいと願い出た。運良く下城していた筒井は、隼人と会うことを許諾した。

隼人は対座した筒井に、江戸市中に跳梁している兇賊を今夜捕縛したいむねを伝え、

「ただ、騒ぎを大きくいたしますと、賊に逃げられる懸念がございます。それゆえ、内密にことを運びたいと存じます」

と言い添えた。

「それで、手筈は」

筒井は満足そうな顔で訊いた。やっと、巷《ちまた》を騒がせていた闇一味を南町奉行所の手で捕らえられるのである。

「わたしと天野、それに加瀬の三人で」

天野と加瀬は当初から闇一味の捕縛のために動いていたので、ふたりの手を借りるつもりだった。

通常、これだけの捕物になると、当番与力が数人の同心をしたがえて捕物に出張るのだが、隼人は同心三人だけで対処しようと思った。

「それだけでよいか」

筒井が念を押すように訊いた。

「はい、大勢ではかえって取り逃がす恐れがございます」

捕方を指揮するのも、天野と加瀬で十分だった。騒ぎを大きくして、闇一味に町方の動きを察知されたら、逃走をゆるすことになるだろう。

「分かった。長月、頼んだぞ」

筒井は隼人を見つめて重い声で言った。

「ハッ」

隼人は低頭した。

6

隼人はすぐに動いた。まず、天野と加瀬に会い、今夜、闇一味が水木屋か松川屋に押し入ることを伝え、ひそかに捕方を集めるよう頼んだ。天野と加瀬は、闇一味を一気に捕縛できることを知り、勇躍して奉行所を出ていった。

その後、隼人は店者ふうに身を変え、水木屋と松川屋に出かけた。そして、両店のあるじと会い、今夜、夜盗が押し込む恐れのあることを話し、町方のひとりを敷地内にひそませて置くよう頼んだ。

両店のあるじとも、同じように不安そうな顔で隼人の話を聞いていた。

「心配ねえ。猫の子一匹、店のなかに入れやァしねえよ。そのかわり、店の者にも話しちゃァいけねえぜ」

隼人は、ふたりに他言せぬよう強く念を押した。ここで、店の奉公人たちに知られ、動揺した者がふだんとちがう行動を取れば、闇一味に察知される恐れがあるのだ。

八丁堀の屋敷にもどった隼人は、綾次を走らせて八吉を呼んだ。

「旦那、桔梗屋は動きませんぜ」

八吉が言った。顔に心配そうな色があった。まだ、嘉右衛門が久兵衛かどうか一抹の疑念があるのだろう。

「すぐに、分かるさ」

まだ、暮れ六ツ（午後六時）前だった。嘉右衛門がかぶっている面を取り、久兵衛の顔を出すのは夜が更けてからだ、と隼人は思っていた。

「八吉、松川屋へもぐり込んでくれ。店には、話が通してある」

隼人は、押し入るのは太物問屋の松川屋だろうと読んでいた。両店を訪ねて分かったのだが、松川屋の方が金がありそうだったし、裏手が空地になっていて侵入しやすいように見えたのである。

水木屋には、天野に頼み、別の岡っ引きをひそませるつもりだった。

「承知しやした」

八吉は猟犬のように目をひからせてうなずいた。岡っ引きらしいひきしまった顔である。

それから、隼人は闇一味が押し入ったときの手筈を話し、八吉を見送った。

五ッ（午後八時）が過ぎた。隼人は、おたえに茶漬けを頼んで腹ごしらえをした。隼人はふだんと変わらぬ態度でおたえに接したが、おたえは夜中出かけると聞いて、顔をこわばらせた。

「捕物でございますか」

おたえは、心配そうな眼差《まなざし》で隼人を見ながら訊いた。

「そうだが、心配することはない。おれは隠密廻りだからな。出張るだけで、賊を捕らえるのは定廻りと臨時廻りの仕事だ」

隼人はこともなげに言った。

事実、賊の捕縛は天野と加瀬に頼もうと思っていた。隼人の仕事は綾次に久兵衛を捕らえさせることと、三島の捕縛である。ただ、三島がおとなしく縄を受けることはないはずで、斬ることになるだろうと踏んでいた。

それを聞いて、おたえはいくらか安心したようだったが、隼人が腰を上げると、

「お帰りを、待っております」

と、顔をこわばらせて言った。やはり心配なのだろう。

「寝てもいいぞ。遅くなるかもしれんからな」

隼人はおたえに微笑《ほほえ》みかけ、盗人に後れをとるようなことはないから心配するな、と言い置いて、座敷を出た。

頭上に星がまたたいていた。弦月が皓々とかがやいている。風があり、夜空に黒雲が流れていた。ただ、捕物に支障のあるような強風ではなかった。

隼人は庄助と綾次を連れて、南茅場町の大番屋に行った。すでに、天野と加瀬も来ていて、何人かの捕方の姿もあった。

天野と加瀬は、鎖帷子《くさりかたびら》に鎖籠手《くさりごて》、黒の半切れ半纏に黒股引、紺足袋《こんたび》に武者草鞋《わらじ》という捕物出役装束に身をかためていた。捕方たちも股引に手甲脚半、襷で両袖を絞り、白鉢巻きという扮装《いでたち》である。どの顔も紅潮したように朱を掃き、気がはやるのか捕具の十手や六尺棒、照明具の龕灯《がんどう》などを手にして握りぐあいを確かめたり、体を動かしながら捕具を振ってみたりしている。捕方のなかには、捕物三具と呼ばれる袖搦《そでがらみ》、突棒《つくぼう》、刺叉《さすまた》を手にしている者もいた。

「長月さん、まだ、一味が動いた様子はありません」

天野が昂《たか》ぶった声で言った。

天野は手先に指示し、桔梗屋、三島のいる南小田原町、惣十の長屋のある米沢町などを見張らせ、一味が動けば知らせにくるよう手筈をととのえていた。さらに、一味の住居だけでなく日本橋本町に通じる町筋の要所にも手先を配置してあった。むろん、一味に気付かれぬよう腕のいい岡っ引きを使い、決して手を出さぬよう念を押してある。

「なに、これからだよ」

隼人は、一味が動き出すのは、子《ね》ノ刻《こく》（午前零時）ちかくになってからだろうと踏んでいた。闇一味にすれば、飄客や夜鷹にさえ目撃されたくないはずである。

しだいに夜が更けてきた。ひとり、ふたりと捕方が集まり、大番屋のなかは異様な緊張と興奮につつまれてきた。いよいよ江戸を騒がせた兇賊闇一味の捕縛にむかうのである。捕方たちも高揚してきたのだ。

そこへ、米沢町に張り込んでいた島吉《しまきち》という老練の岡っ引きが飛び込んできた。

「惣十が、動きやした！」

島吉が声を大きくして言った。

その声に、集まった捕方たちがいっせいに動き、捕具を手にしたり、鉢巻きをしめなおしたりした。

「まだ早《はえ》え、いま動いても、捕れるのは手先ひとりだぜ」

隼人が落ち着いた声ではやる捕方たちを制した。出張るのは、頭目の久兵衛が動いてからだった。

小半刻（三十分）ほどして、今度は利助が大番屋に走り込んできた。

「仙蔵たちが出やした！」

利助が目をつり上げて言った。その声で、また捕方たちがザワッと動いた。

「三人か」

押し込みのために出たのなら三人いっしょのはずだった。

「へい、三人そろって出て行きやした」

身装《みなり》は三人とも黒半纏に黒股引姿で、銀助は短い梯子を持っていたという。夜陰にまぎれる黒装束で、人に見られたときに植木職人の仲間と思われるような姿にしたのであろう。

利助が飛び込んできて、いっときすると、桔梗屋を見張っていた六次郎《ろくじろう》という岡っ引きがもどってきた。

「嘉右衛門が出やした」

六次郎が声高に言った。

……久兵衛が動いた！

と、隼人は思った。

だが、六次郎の顔には腑に落ちないような表情があった。

「どうした、六次郎」

隼人が訊いた。

「嘉右衛門は、店にいる格好のままですぜ」

六次郎は、嘉右衛門が盗人装束で姿をあらわすと思ったようだ。

「何か持って出なかったか」

「風呂敷包みを持ってやした」

盗人装束はそのなかだ、と隼人は思った。いかに奉公人が寝静まった夜更けとはいえ黒装束で店を出るわけにはいかないはずである。

「これで、役者がそろった。行くぜ」

隼人が立ち上がった。

天野と加瀬、それに捕方たちもいっせいに動いた。

第六章　仇討ち

1

風で、日本橋川の川面にさざ波が立っていた。

川岸の葦《あし》や芒《すすき》が風でなびき、汀《みぎわ》に寄せる川波の音が足元から聞こえてきた。川沿いの道に人影はなく、軒をつらねる表店も夜陰のなかに沈み、風音と水音だけが絶え間なく聞こえてくる。

総勢三十数人の捕方が、天野と加瀬を先頭に獲物を追う野犬の群れのように夜道を黙々と歩き、日本橋へむかっていた。隼人は綾次とともに、一行のしんがりについた。捕方のなかには刺叉、袖搦、突棒などの長柄の捕具、それに梯子を手にしている者もいた。

日中は大勢の人出でごった返している高札場のある日本橋のたもとにも、人影はなかった。大店のつづく日本橋通りの両側には大店の土蔵造りの店舗が並んでいるが、夜の帳《とばり》のなかに黒く沈んでいる。

風だけが、大通りを我が物顔で吹き抜けていた。

高札場の隅にいた男がひとり、捕方を見て駆け寄ってきた。

「どうした、通ったか」

天野が訊いた。どうやら、天野の手先らしい。一味が通るのを見張らせておいたのであろう。

「まだです」

手先が声をつまらせて答えた。

「よし、後はいい」

天野はそう言って、歩きだした。見張り役の手先も捕方にくわわり、一行は日本橋を渡った。

日本橋通りに人影はなく、夜陰のなかに土蔵造りの店舗の甍《いらか》が黒く累々とつづいていた。

通りを吹き抜ける風音がひびき、捕方集団の足音を消してくれる。

日本橋本町に着き、前方に松川屋の店舗の一部が見えてきた。天野の指示で、一行は足をとめた。すぐに、天野のそばに隼人と加瀬が走り寄った。

「長月さん、人影はまったくありませんが」

天野が不安そうな顔をして言った。

「なに、やつらどこかで落ち合い、身支度をととのえてくるはずだ。これからだよ」

久兵衛も着替えているはずだった。それに、一味は皆が熟睡している夜更けを狙うはずだ。まだ子ノ刻（午前零時）にもなっていないのである。

「捕方を隠そう」

闇一味の侵入前に目撃されたくなかった。捕方は表通りから身を隠した方がいい。

天野と加瀬は、すぐに捕方たちを細い路地や板塀の陰に隠した。捕方も闇に溶ける黒っぽい身装《みなり》だったので、簡単には気付かれないはずだ。

そのまま小半刻（三十分）ほどが過ぎた。まだ、闇一味はあらわれない。ひそんでいる捕方たちの顔にも焦りの色が見えてきた。

そのとき、日本橋の方に目をやっていた綾次が、

「来た！」

と、声を殺して叫んだ。

見ると、日本橋通りに黒装束の一団が姿をあらわした。総勢六人。夜走獣のように、松川屋の方に疾走してくる。

先頭にいる小柄な男が頭目の久兵衛らしい。なかほどに武士体の男もいた。三島であろう。いずれも黒の装束で、顔を黒布でおおっていた。闇一味にふさわしい異様な黒の集団

である。

……闇久兵衛、やっと姿をあらわしゃァがったな。

隼人は一味を見すえながらつぶやいた。

捕方たちは息をつめ、目を剝いて闇一味を見つめていた。捕方のひとりが、はやる気を抑え切れず、通りへ飛び出そうとした。それを別の捕方が肩を押さえて必死でとめている。指示があるまで動くな、と厳命されてるのだ。

闇一味は、松川屋の脇の狭い路地から裏手にまわった。やはり、狙いは松川屋である。一味の姿は、すぐに隼人たちの視界から消えた。

加瀬が動いた。加瀬隊十数人は、裏手から店の敷地内に入ることになっていたのだ。加瀬にしたがった捕方のなかに梯子を手にした者がいる。裏手の板塀を梯子で越えるために持ってきたのである。

「行くぞ！」

つづいて、天野が声をかけた。

残った捕方たちが、いっせいに立ち上がり、天野にしたがって松川屋にむかった。隼人、利助、綾次の三人も、その捕方たちにくわわった。

松川屋は表戸がしめられ、夜の帳のなかに沈んでいた。店内はひっそりとして話し声も物音も聞こえなかった。聞こえてくるのは軒下を吹き抜ける風音だけである。

天野に率いられた一隊は、松川屋の店舗の脇の板塀のそばに集まった。いずれも押し黙り、目ばかりひからせて板塀に張り付くようにしている。

板塀にくぐり戸があり、店内にひそんでいる八吉が闇一味が侵入したのを見てからあけることになっていたのだ。

「龕灯に火を入れろ」

天野が小声で指示した。

月明りはあったが、店舗の裏手は陰になり、深い夜陰につつまれているはずだった。暗闇のなかにいる一味を照らし出すためである。

そのとき、板塀のむこうで心張り棒をはずす音がし、くぐり戸があいた。

顔を出したのは八吉である。

「闇一味が入りやしたぜ」

八吉が声をひそめて言った。

すぐに、天野を先頭にして捕方たちが次々にくぐり戸から敷地内に侵入していく。隼人たちも後についた。

「旦那、やはり桔梗屋のあるじが久兵衛ですぜ」

八吉が隼人の顔を見るなり言った。月明りで、一味の頭目の顔を見たのだろう。

「綾次、ほかのやつに目をくれるな。久兵衛だけを捕れ」

隼人が後ろを振り返って言った。

「へい」

綾次が眦《まなじり》を決して言った。

2

御用！

御用！

ふいに、暗がりで声が上がった。

闇一味の六人は、松川屋の店舗の裏手、台所へ通じる引き戸のそばに集まっていた。ちょうど、一味が引き戸を破って店内に押し入ろうとしていたところであった。

その六人の姿が、天野にひきいられた捕方の龕灯に照らし出された。

「町方だ！」

一味のひとりが、叫び声を上げた。

「ちくしょう、待ち伏せしてやがったな。裏だ！　裏から逃げろ」

久兵衛が甲走った声を上げた。

一味は立ち上がり、いっせいに裏手へ走った。だが、すぐにその足がとまった。

加瀬隊だった。裏の板塀を梯子で越えた捕方たちが、店舗の方へむかって迫ってきた。

龕灯の灯が夜陰を照らし、御用！　御用！　という捕方たちの声がひびいた。暗いせいもあって、大勢の捕方が裏手から押し寄せてくるように見えた。

「捕れ！　ひとりも逃すな」

天野が声を上げた。

その声に、表の木戸側から侵入した捕方たちが、十手や長柄の捕具を手にして、ばらばらと一味の方に駆け寄ってきた。闇一味の前後から挟み撃ちにするように、大勢の捕方たちが迫った。

「捕まってたまるか！　皆殺しにしてやる」

仙蔵が、憤怒に顔を染めて叫んだ。

一味の者たちは、次々にふところから匕首を取り出した。そして、取り囲んだ捕方たちに切っ先をむけた。三島も刀を抜いた。龕灯の灯を映じた匕首や刀身が、夜陰のなかに血に染まった牙のようにひかって見えた。

「綾次、行くぞ」

隼人はまっすぐ久兵衛に近寄っていった。綾次が目をつり上げ、十手を握りしめて後についてきた。

久兵衛はすこし前屈みの格好で匕首を構え、捕方たちを睨みつけていた。黒布で頰《ほ》っかむりした顔が、龕灯の灯に浮かび上がっている。

鼻梁の高い、蛇のような細い目をした男だった。人を大勢殺してきたせいか、身辺には陰湿で酷薄な雰囲気がただよっている。

「てめえ、だれだ！」

久兵衛が前に立った綾次を見て訊いた。

綾次は十手を前に突き出し、刺すような目で久兵衛を見つめていた。その目が怨念に燃えている。久兵衛は、若い綾次の異様な姿を見て、他の捕方とは異質なものを感じ取ったのだろう。

「小松屋の倅、綾次だ！」

綾次が声を上げた。

「なに、小松屋の倅だと」

久兵衛の顔に驚きの表情が浮いた。倅が生きているとは、思わなかったのだろう。

「おれは、おまえと仙蔵がおとっつァんとおっかさんを殺したとき、布団のなかで見ていたのだ。……両親の敵だ！」

綾次が憎悪に声を震わせて言った。

「しゃらくせえ！　こうなったら、てめえら皆殺しだ」

久兵衛の目が炯々《けいけい》とひかっている。その姿には、手負いの獣のような猛々《たけだけ》しさと凄絶さがあった。

久兵衛は匕首を前に突き出すようにして構え、ジリジリと綾次との間をつめてきた。中年だが、動きは敏捷そうである。

「おめえと仙蔵は、おれの手で獄門台に送ってやる」

綾次は目をつり上げ、歯を剝き出していた。だが、構えた十手の先が小刻みに震えている。異様な昂ぶりで体が震えているのだ。

隼人は兼定を抜いた。綾次ひとりでは、捕縛できないと見たのである。

「小僧、死ね！」

叫びざま、久兵衛が綾次にむかって体ごと突っ込んできた。

咄嗟に、綾次は十手をたたきつけるように振り下ろした。十手の先が久兵衛の肩先に当たってにぶい音がしたが、久兵衛はそのまま突っ込み、匕首を突き出した。

匕首の切っ先が、綾次の右肩の着物を裂き、肩先の肉がうすくひらいた。

ヒイッ、と喉を裂くような声を洩らし、綾次は後じさった。肩先が血に染まったが、たいした傷ではないようだ。

綾次を追って、久兵衛はさらに匕首で突こうとした。さすがに、闇一味の頭目である。綾次では、太刀打ちできない。

「そうはさせねえ」

隼人は久兵衛の脇へ踏み込みざま、兼定を一閃《いっせん》させた。

骨肉を打つにぶい音がし、久兵衛の匕首をつかんだ右腕が、だらりと下がった。隼人の峰打ちが、久兵衛の二の腕をとらえ、骨を砕いたのだ。

「ちくしょう！」

久兵衛は歯を剝き出し、憎悪に身を顫《ふる》わせた。

「綾次、捕れ！」

隼人が声をかけた。

綾次が飛び付くような勢いで、久兵衛のそばに踏み込み、

「おとっつァんと、おっかさんの敵だ！」

と叫び、十手で力まかせに殴りかかった。

怒りを込めた渾身《こんしん》の一撃だった。十手の先が久兵衛の側頭部にあたり、かぶっていた黒

布が取れ、肉が髪ごと削《そ》げて左の耳朶《みみたぶ》がぶらさがった。

ギャッ、と絶叫を上げ、久兵衛が左耳を押さえた。その指の間から、血が迸《ほとばし》り出、半顔が赤い布で覆われたように真っ赤に染まった。

「ちくしょう！　ちくしょう」

綾次は甲走った叫び声を上げて、久兵衛に十手をたたきつけた。これまでの怨念と悲痛が、綾次の胸から衝き上げてきたにちがいない。綾次は狂ったように十手をふりまわした。

久兵衛は悲鳴を上げながら後じさり、よろけて尻餅をついた。その顔が恐怖にひき攣り、まだ動く左手で頭をおおった。

「そこまでだ。綾次、久兵衛を捕れ！」

隼人が強い声で命じた。

「へ、へい」

綾次は十手を腰に差し、捕り縄を取り出した。

久兵衛の手を後ろへまわし、縛ろうとしたが、手が震えてなかなか縛れない。それを目にした利助がそばに駆け寄ってきた。

「手伝うぜ」

そう言うと、利助は綾次に手を貸して久兵衛を縛り上げた。

「綾次、親の敵を討てたな」

「は、はい……」

綾次は身を顫わせて隼人を見つめた。

「久兵衛は、おめえがひっ立てろ」

隼人が言うと、

「あ、ありがとうごぜえやす」

綾次は涙声で言い、隼人に深々と頭を下げた。

3

隼人はすばやく周囲に目をやった。天野と加瀬の指示で、捕方たちが闇一味の者たちを取り囲んでいた。すでに、ふたりを捕らえて縄をかけていた。

裏手の土蔵の前に、仙蔵がいた。捕方が取り囲み、十手や長柄の捕具をむけている。仙蔵は血まみれだった。元結が切れ、ざんばら髪である。怒号を上げ、必死に匕首をふるっている。

仙蔵の右手に、三島がいた。手に血刀をひっ提げている。黒覆面は取っていたが、着衣の乱れはなかった。龕灯の灯に浮かび上がった顔は、無表情に見えた。

捕方がふたり傷を負ったらしく、板塀のそばに身を引いて屈み込んでいた。三島に斬られたらしい。

捕方たちの腰が引けていた。御用、御用と声を上げながら、突棒、刺叉などを突き出すが、三島は巧みに受け流して身辺に近付けない。

「かかれ！　かかれ！」

天野が叱咤するように声をかけるが、捕方たちは三島の兇刃を恐れてなかなか踏み込めないでいる。

……おれの出番のようだな。

隼人は胸の内でつぶやいて、三島に歩を寄せた。

その隼人の姿を見て、捕方たちが後じさった。

「三島藤十郎、おれが相手だ」

隼人は三島と対峙した。

「うぬを、冥途《めいど》の道連れにしてくれよう」

三島は、睨《ね》めるような目で隼人を見すえた。表情を動かさなかったが、双眸には狂気を感じさせるような冷酷なひかりが宿っていた。女子供の斬殺をも躊躇《ちゅうちょ》しない非情な剣鬼の面貌《おもて》である。

「うぬの手で、命を落とした者たちの敵を討ってくれる」

隼人の胸にも憤怒がわいた。三島に斬殺された多くの無辜《むこ》の者たちの無念が、隼人の胸によぎったのである。

ふたりの間合は、およそ三間の余。まだ、斬り込めない遠間である。

三島は一度青眼に構えてからゆっくりと刀身を上げ、頭上で水平にし、切っ先を隼人の目線につけた。上段霞である。

対する隼人は青眼に構えた。ふたりとも、竪川沿いの道で立ち合ったときと同じ構えである。

三島は上段霞に構えたまま足裏をするようにして、すこしずつ間を寄せてきた。

隼人の目には刀身が見えず、切っ先だけが点になった。三島の構えには、そのまま突いてくるような威圧がある。

……間合が読めぬ！

隼人の目に、切っ先だけで迫ってくるように見え、三島の体が遠ざかったように感じられた。上段霞には、間合を読ませぬ利があるのだ。

隼人は心を鎮め、遠山《えんざん》の目付《めつけ》で三島を見た。遠山の目付とは、対峙した敵を遠い山を眺めるように見て、敵の構えにとらわれず体全体を見る法である。

三島が一足一刀の間境の手前で、寄り身をとめた。全身に激しい気勢を込め、剣尖《けんせん》に斬撃の気配を見せた。気攻《きぜ》めである。三島は隼人の構えを気攻めで、くずそうとしているのだ。

が、隼人は動じなかった。三島の気攻めを、風にそよぐ柳枝のように受け流している。

三島も迂闊《うかつ》に仕掛けられなかった。

両者の動きがとまったまま数瞬が過ぎた。

そのとき、仙蔵の絶叫が夜陰をつんざいた。捕方の突棒で、腹を突かれたのだ。

刹那、三島の体から痺れるような剣気が疾《はし》った。

ほぼ同時に、隼人も動いた。

イヤアッ！

タアッ！

ふたりの裂帛の気合がひびき、二筋の閃光が疾った。

三島が上段霞から袈裟へくると見せて、隼人の鍔元へ突き込むような籠手をみまった。得意の籠手斬りである。

間髪を入れず、隼人は青眼から袈裟へ斬り込んだ。

三島の着物が肩から胸にかけて斜に裂けた。が、切っ先は肌までとどかなかった。

一方、隼人の右手の甲にうすい血の色があったが、かすり傷である。

ふたりは、一合《いちごう》して背後に跳ね飛んだ。

両者は切っ先を敵にむけるや否や動いた。鋭く踏み込みざま三島は真っ向へ、隼人は袈裟へ。

キーン、と甲高い金属音がひびき、夜陰に青火が散った。ふたりの刀身は眼前ではじき合ったが、両者とも体勢はくずれず、ほぼ同時に二の太刀をふるった。

隼人は刀身を返しざま、三島の胴を払った。腹をえぐる重い手応えがあったが、肩先に疼痛《とうつう》を感じた。

正面に斬り込んだ三島の切っ先がそれて、隼人の肩先をえぐったのだ。

次の瞬間、隼人は背後に跳んだが、三島は前に上体をかしげたまま動かなかった。腹に血の色があった。

三島が低い呻き声を上げて刀を構えようと両腕を上げた。すると、横に裂かれた腹から臓腑が覗いた。隼人の払い胴が深くえぐったのである。

それでも、三島は右手で腹部を押さえ、左手だけで刀を構えた。刀身がワナワナと震えている。

「まだだ、こい!」

三島が吐き捨てるような声で言った。

顔は血の気を失い、両眼がつり上がり、歯を剝き出していた。悪鬼のごとき、凄まじい形相である。

隼人は八相に構えた。すでに、勝負は決していたが、隼人は刀を引かなかった。三島は、いずれにしろ助からないが、武士らしくとどめを刺してやろうと思ったのである。

ふいに、三島が猿声のようなひき攣《つ》った声を上げて片手で斬り込んできた。斬り込むというより、振り上げた刀を下ろしただけである。

隼人は難なくその斬撃をかわすと、鋭く三島の首根に斬り込んだ。

軽い骨音がし、三島の首がかしいだ。

首根から血飛沫《ちしぶき》が噴き、驟雨《しゅうう》のように散った。三島は血を撒きながらよろよろと前に歩き、そのままくずれるように倒れた。

悲鳴も呻き声も聞こえなかった。夜陰のなかで、血の噴出音が物悲しく聞こえただけである。

……なかなかの手練だった。

隼人は、ひとつ大きく息を吐いた。その面貌《おもて》からぬぐい取るように剣気が引いていく。

「旦那ァ！」

利助が声を上げて駆け寄ってきた。つづいて、八吉と綾次もそばに来た。

「旦那、怪我を!」

八吉が隼人の肩先の血を見て驚いたような顔をした。隼人の右の肩先が血に染まっていたが、それほどの深手ではない。浅く皮肉を裂かれただけである。

「なに、かすり傷だよ。おれのことより、久兵衛の手下はどうした」

「あらかた捕らえやした」

八吉が言った。

「そいつはいい」

隼人は血刀をひっ提げたまま周囲に目をやった。

戸口の前で、銀助が捕方たちに取り囲まれ、わめき声を上げながら必死で匕首をふるっていた。だが、袖搦や刺叉で押さえつけられ、身動きできなくなっていた。すぐにも、取り押さえられそうだ。

他に抵抗している者はいなかった。夜陰のなかに縄をかけられた賊の姿がぼんやりと見えた。頭目の久兵衛をはじめ、他の者たちは捕縛されたようである。

「押さえろ!」

そのとき加瀬が声を上げた。銀助が六尺棒でたたかれて匕首を落としたのだ。

数人の捕方が、銀助に飛び付いた。すぐに、銀助は押し倒され、捕方たちの手で早縄がかけられた。

「長月さん、捕りました！　ひとり残らず」

そばに来た天野が、昂ぶった声で言った。

「そのようだな」

「闇一味は、われらの手で捕らえたのです」

天野はだいぶ興奮しているようだ。

「これで、江戸の町も明るくなるだろうよ」

そう言うと、隼人は血刀を懐紙でふいて納刀した。

4

「一杯だけにしろよ。まだ、酒の味を覚えるのは早《はえ》えからな」

隼人が、綾次の猪口《ちょこ》に酒をついでやりながら言った。

そばにいた利助が、

「綾次、おめえ、評判がいいぜ。綾次ってえ若《わけ》えやつが闇一味の頭目を捕らえたって、みんなが噂してるぜ」

と、冷やかすような口調で言った。

「みんな、長月の旦那のお蔭なんで……」

綾次は神妙な顔をして、猪口をにぎりしめている。

闇一味を捕らえて、十日ほど過ぎていた。隼人、八吉、利助、綾次の四人は、豆菊の奥の座敷に集まって一杯やっていた。隼人が、慰労もかねて三人にご馳走してやったのだ。

隼人は八吉のために別の料理屋を勧めたが、八吉がうちの店の方が腰が落ち着くと言うので、豆菊にしたのである。

「ところで、旦那、闇一味はどうなりやす」

八吉が隼人の猪口に酒をつぎながら訊いた。

「小伝馬の牢に送られたよ」

隼人に斬殺された三島を除き、先に捕らえられていた佐吉をくわえ、闇久兵衛以下六人はすべて捕らえられた。南茅場町の大番屋に集められた六人は、天野と加瀬の手で吟味を受けた。

当初、口をつぐんでいた久兵衛たちも、すでに佐吉が白状していることを知って、口をひらいた。もっとも、松川屋に押し入ったところを捕らえられたのだから、言い逃れはできないのである。

「まちがいなく、引き廻しの上、獄門晒首ということになろうな。あれだけ極悪非道な連中だ。それでも、足りないくらいだよ」

そう言って、隼人は手にした猪口をかたむけた。

「それで、旦那、闇一味はどうやってくっついたんです」

利助が訊いた。一味に仙蔵たち町人の他に、武士の三島までくわわっていたのが腑に落ちなかったようだ。

「若いころは、久兵衛と仙蔵のふたりだけで盗人をしていたらしい。そのころは、けちなこそ泥で、金をつかむと賭場や岡場所で遊び、また、金がなくなると、商家に忍び込んで盗むといったことを繰り返していたようだ。そのうち、賭場で錠前破りの惣十と知り合い、土蔵を破るようになった。そして、六年ほど前、押し入った商家で奉公人に気付かれ、持っていた匕首で刺し殺した。……綾次の両親を殺したのも、そのころだ。その後、益々兇悪になり、押し込めばかならず店の者を皆殺しにするようになったのだ」

そのあたりのことは、久兵衛を吟味した天野から聞いたことだった。

「三島とは、どこで知り合ったんです」

「賭場だよ。闇一味にくわわるまで、三島は賭場の用心棒をやっていたらしい」

三島は、岩井道場の師範代では食えず、身分のある門弟の屋敷に出稽古に行って指南料をもらい、何とか暮らしをたてていたという。

ところが、ある日、町で喧嘩していた博奕打ちを助けたのが縁で賭場の用心棒を頼まれた。さすがに、当初は断ったそうだが、用心棒代が高額だったことと貸元から、先生は奥の座敷で座っていればいい、と言われてその気になったという。

三島は、その賭場で負けがこんで逆上し、匕首を抜いて暴れまわった遊び人を斬殺した。ちょうどその日、客として遊びに来ていた仙蔵がその様子を見ていて、久兵衛に話した。久兵衛は言葉巧みに三島を誘い、闇一味にくわえたのだそうである。

「三島は、元々残忍な性格だったのだろう。そのうち、喜んで人を斬るようになったそうだよ」

隼人は苦々しい顔をして話した。

「銀助や佐吉は?」

「やはり、仙蔵が賭場で目を付け、仲間に引き入れたらしい。ただ、つなぎ役の万次郎だけはちがうようだ」

万次郎は、桔梗屋の包丁人の見習いだったという。久兵衛によると、桔梗屋の主人に収まったとき、つなぎ役だけは手元に置きたいと考え、万次郎を仲間に引き入れたそうである。

「それで、万次郎の塒はつかめなかったのか」

利助が得心したように言った。

「そういうことだ」

住み込みで働いていた万次郎は、桔梗屋が塒だったのである。

その桔梗屋も店をしめ、女将のお島も大番屋で事情を訊かれていた。久兵衛や万次郎が闇一味だったことは知っていて、何らかの手助けをしていれば、相応に罰せられるであろう。

「それにしても、闇一味はうまく隠れていやした」

黙って話を聞いていた八吉が、つぶやくような声で言った。

「まさに、闇一味さ。盗人仲間にさえ、尻尾をつかませなかったんだからな」

久兵衛と仙蔵は、悪事をかさねるうちにしだいに慎重で狡猾になり、いかに町方の手を逃れるかで知恵をしぼった。

町方に不審をいだかれぬよう久兵衛は桔梗屋のあるじに収まったが、仲間にも居所を知らせなかったという。

それに、押し入った後、仲間たちに賭場や岡場所で大金を使うなと厳命したという。町方が、そうした場所に目をつけて探索することを警戒したのである。

松川屋に押し入る前、仲間の何人かを桔梗屋に集めたのは、町方の探索が身辺に迫ってきたのを察知し、松川屋を最後にして桔梗屋を捨て、江戸を離れるつもりだったからだそうである。隠れ家としての桔梗屋は、いらなくなったのである。

「それで、なかなか尻尾がつかめなかったのさ」

隼人がそう言うと、

「闇久兵衛も、うちの旦那に目をつけられたのが、運の尽きさ」

利助が顎を突き出すようにして、自慢そうに言った。

「そうじゃァねえ。今度の件の手柄は、綾次だぜ。佐吉を吐かせたのも綾次だし、久兵衛に縄をかけたのも綾次だ」

隼人は、綾次の両親の敵を討ちたいという一念が、闇一味の捕縛につながったのではないかと思っていた。

「そうだ。綾次の初手柄だよ」

八吉が目を細めて言った。

「綾次親分、今後もよろしく頼みますぜ」

そう言って、利助が綾次の肩をたたいた。

綾次は首をすくめて照れたような顔をしていたが、

「おとっつァんとおっかさんが、あのとき、あっしを布団に押し込んで助けてくれたからです」

と、小声で言って涙ぐんだ。

本書はハルキ文庫（時代小説文庫）の書き下ろしです。

時代小説文庫
と 4-9

弦《げん》月《げつ》の颪《かぜ》 八丁堀《はっちょうぼり》剣客《けんかく》同心《どうしん》

著者 鳥《と》羽《ば》 亮《りょう》

2006年 6 月18日第 一 刷発行
2016年11月18日第十一刷発行

発行者 角川春樹

発行所 株式会社 角川春樹事務所
〒102-0074 東京都千代田区九段南2-1-30 イタリア文化会館

電話 03(3263)5247[編集] 03(3263)5881[営業]

印刷・製本 中央精版印刷株式会社

フォーマット・デザイン&シンボルマーク 芦澤泰偉

ISBN4-7584-3239-2 C0193

http://www.kadokawaharuki.co.jp/[営業]
fanmail@kadokawaharuki.co.jp[編集] ご意見・ご感想をお寄せください。

時代小説文庫

時代小説文庫

鳥羽 亮

非情十人斬り 剣客同心鬼隼人

書き下ろし

大川端で二人の武士が何者かに襲われ、斬殺された。定廻り同心が駆けつけるも、死体は殺された武士の家中によって持ち去られてしまう。只ならぬ事件であったが、主持《あるじ》ちの武士に町方は手出しができなかった。だが数日後、奉行所に呼び出された隠密同心・長月隼人は、殺された武士の石垣藩の内偵を命じられる。幕府からの密命は、先の斬殺事件と関係があるのか？　やがて、隼人は石垣藩がかかわったある事件に辿り着くが……。隼人の剣が巨悪を裁く、書き下ろし時代長篇。

鳥羽 亮

弦月の風 八丁堀剣客同心

書き下ろし

日本橋の薬種問屋に賊が入り、金品を奪われた上、一家八人が斬殺された。風の強い夜に現れる賊——隠密廻り同心・長月隼人は、過去に江戸で跳梁した兇賊・闇一味《くらやみ》との共通点に気がつく。そんな中、隼人の許に綾次と名乗る若者が現れた。綾次は両親を闇一味に殺され、仇を討つため、岡っ引きを志願してきたのだ。綾次の思いに打たれた隼人は、兇賊を共に追うことを許すが——。書き下ろし時代長篇。